15岁，我在非洲

Turning 15 in Africa

郭霁莹　著

长江出版传媒　湖北科学技术出版社

作者 简介

郭霁莹　Selena

爱好 / 音乐　表演　影视剧　阅读　写作　旅游　摄影

2000 年 9 月 3 日，生于北京市。

2007 年就读于北京市和平里第四小学。

2009 年随母访美（华盛顿特区）1 年并完成了小学四年级学业。

2013 年就读于北京市一七一中学。

2015 年因为父亲工作原因跟随全家来到肯尼亚内罗毕，就读于 Hillcrest International School。

2018 年就读于加拿大 University of Western Ontario。

序　一

丹麦女作家凯伦·布里克森在《走出非洲》中讲："我们在非洲有个农场，在恩贡山脚下。"我们在内罗毕有一个院子，在恩贡路旁。这个院子就是中国驻肯尼亚大使馆经济商务参赞处的所在，是我们工作和生活的地方。沿着院子走一圈是220米。鉴于安全状况，我们的锻炼通常就是天天在院子中一圈圈用脚丈量。

在来肯尼亚1年后，我们开始准备第一次回国的行装。可作为"动物王国"的国度似乎很难提供有特色的礼品。于是，一次与女儿在院子中散步时，我建议她将自己的经历写出来，印成小册子，作为"礼物"分送朋友。在这之后的近3周，女儿就开始了"码字"生涯。那时女儿15周岁，来肯尼亚近1年。而那本小书当时被我们命名为《非洲游学记》。这就是本书最初的诞生经历。

本书主要是女儿在非洲学习生活的亲身经历和真情实感。一个个故事读来，使我又回忆起她在 Hillcrest

学校学习的适应过程和取得的成绩，其中不仅仅包括如何面对各种肤色的同学和老师、如何学习各种课程中的知识，也包括她作为中国学生的组织者参加各种文化活动和郊游拉练，更包括她身在非洲，在这段成长的过程中，如何逐步加深对“中国”的认知、对“爱国”的理解。读后，我更加发自内心地珍惜与女儿在非洲的共同生活，使我有机会见证她的成长、见证她做事的自信与担当。林徽因说过：“我们应当相信，每个人都是带着使命来到人间的。”我相信，女儿在非洲的经历，将有助于她完成与生俱来的使命、实现自己的理想。

女儿在 Hillcrest 学校就读的同时，也是中国驻肯尼亚大使馆阳光学校的一名学生，这里把她和祖国联系得更密切了。她在为中国驻肯尼亚大使馆阳光学校所写的自我介绍中讲：“我们生活在四大文明古国中唯一一个延续下来千年文化的国度。”“有幸作为 21 世纪龙的传人，我们更有义务向世界宣传这只已经觉醒雄狮的威严与内涵。”读了这些话语，我理解了女儿对于其使命的认识。

让我们再回到肯尼亚，那个位于“海上丝绸之路”并在中国史书中明确记载郑和船队多次访问过的地方，也是现实版“麒麟”的发源地。600多年前，因为郑和的船队第一次将长颈鹿由东非带回中国，那时的南京人为看长颈鹿万人空巷且不知它们为何物。众儒研究认为此乃瑞兽麒麟，并且认为“瑞兽来献”证明了“德政惠泽遐壤”。

600年过去了，如今中国和非洲再一次密切联系起来，而在非洲工作生活的逾百万中国人中，就包括我女儿在内的小留学生们。他们用自己的眼睛观察着非洲，也形成了自身的非洲情怀。我愿意用女儿给驻肯尼亚大使馆阳光学校编辑文集起的名称“阳光下的种子”的说明结束本序言：

“阳光下的种子都会生根发芽、长大成才。中国少年儿童无论到世界哪个地方，都能感受到祖国的温暖，源于同一个根基的种子，必定茁壮成长。”

郭　策

2018年1月

序　二

很认真地读完了这本十几岁女孩子写的书，说实话，“没想到”竟成了我最深刻的感受。我甚至拿笔做了笔记。

我没有想到一个十几岁上高中的女孩子有这么卓越的独立思考能力，对问题能有这么深刻的见地！比如她对于戏剧表演的看法：这些角色各自代表着无数不同的人生，他们可能是你在现实生活中向往却永远无法接触到的职业，他们可能有着你所羡慕却难以拥有的勇气，他们有着源于生活却高于生活的故事。当你去理解、去体会这些故事和角色的时候，你会突然发现，你体会的不仅仅是自己的生活；当你用情感和声音表演着不同角色的时候，同时还承载着各个群体的生命价值。再比如她对于生命的看法：儿时的我害怕父母变老，是害怕他们离我而去，然而在听说了那么多世间意外的不幸之后我却不怎么担心他们变老了。因为我越来越觉得，能够看着自己的父母健健康康的，慢慢变老然后颐养天年是一件多么幸福、多么宝贵的事情。类似的句子穿插在生动活泼的日常生活描述中，突然之间跳入你的眼里，然后沉甸甸地渗入心里。让人不由地感叹广泛的阅历对于人的视野的开阔、见识的提升是多么意义非凡！人的成长不就体现在眼光的通透、思想的深邃、心境的通脱吗？而这些都体现在这本书的字里行间，在从容的叙写中飞溅而出，读来让人喜悦，也让人感慨！

我也没想到这个年纪的女孩子竟然有这么强的使命感。她称自己为“种子”，她愿意做出积极的改变，去传播文化，让她的祖国，我们的祖国更加耀眼。有一个情节让我印象很深刻，没出国之前，这个小姑娘喜欢的颜色是粉色，可是身处异国时，她的答案却是红色——因为红色是一个比粉色更有意义的颜色！

读着读着我就在脑子里勾勒出这个女孩的形象，她有着小女孩的活泼生动，又拥有内心的宁静与思想的深邃宏阔；她有相对于同龄人更广阔的视野，同时又有着明确的目标与坚守的信念！这是一个有魅力的人，这是一本有魅力的书。

当然，如果有出国留学的计划，这也是一本有趣又有用的参考书，涉及了文化课、戏剧、体育等学习板块，交友、旅游等生活板块等。鲜活的生活，鲜活的感受，清新的文字，有见地的思想……一定会带给你收获！

北京市第一七一中学常务副校长　罗红燕

2018年1月

目 录

CONTENTS

“鸟语”花香第一天 / 1

与我多色“童鞋”有关的事项 / 17

“虐心”课程 / 35

我们一起来“抓马” / 53

第一个外国“抓马”老师 / 54

校园剧康老师 / 56

十年级 Drama 课 / 58

校园剧的宝贵经历 / 60

选课风波 / 65

要棱角分明？ / 67

戏剧学习技巧 / 69

表演活动多种多样 / 71

演员的机会与责任 / 77

Games：业余体育课以及我的泪点 / 79

生无可恋的游泳课 / 80

一起来涂泥 / 89

我的泪点 / 92

恐怖就在身边，心存信念，祈祷和平
Let it go, but don’t forget. / 97

马赛马拉之旅 / 111

种子 / 145

我们从哪里来？ / 146

越出国越爱国？ / 148

爱国初认知 / 154

时光飞逝 / 157

是谁在改变？ / 160

温室里的花儿 / 162

阳光学校 / 166

脚印 / 171

后记 / 175

“鸟语”花香第一天

今天，2015 年 9 月 3 日，对于我来说要算是很有纪念意义的一天了。

今天，是抗日战争胜利纪念日，也是我的 15 岁生日，是我在非洲大地过的第一个生日。

今天，还是我开学第一天——一切都是那么的“鸟语”花香……

你们可能觉得我以上的说法太过戏剧化，弄得好像是一个小学生在写自己第一天入学似的。

Hillcrest 校园正门

不过今天的情况的确比较特殊，因为我来到了一个崭新而陌生的环境。我转学是没错，但这可不是一般的转学啊！基本上我身边一切的一切都发生着天翻地覆的变化。

我一个 15 岁的中国妹子（其实我来的时候还没到 15 岁好嘛），因为爸爸工作的原因，不远万里地来到广阔的非洲上英国人办的国际学校。怎么样？这混搭还不赖吧？（嗯，我其实也觉得挺“奇葩”的……）

在过去的一个月里，我一直很期待这一天的到来。然而在 9 月 3 日的早晨，我对着镜子穿好制式校服，并让爸爸帮我打好领带（没错，女生也要系领带——这还是我长这么大第一次系领带），激动的心情里或多或

校园健身房

少掺杂着些许紧张，因为我不知道这里的学生会不会和我6年前在美国遇到的一样。

当我打开车门望进Hillcrest（我们学校）校园的时候，眼前的景象让回忆和现实混合在了一起。6年前只有9岁的我一脸茫然地踏入一所位于美国华盛顿特区的小学，叽叽喳喳的英语充斥着我的耳膜，我却一句也听不懂。那是我有生以来第一次被扔进外国小孩儿堆里，也是第一次深深地意识到我和他们是那么的不同。6年以后的我正故作从容地走进人群中，那种突兀的熟悉感又一次袭来。不得不承认，在非洲竟然能一下子看到这么多的白人让我有些惊讶，虽说之前我也早就知道肯尼亚曾是英国殖民地，但是这学校里的白人学生也太多了吧——比我当年在美国学校那个班里的白人比例都要高。

“鸟语”再次一股脑灌进我的耳朵，只不过这一次我不再是“聋子”也不再是“哑巴”了，因为他们之间的交流我基本还能听懂一部分。但是英音和来自各国的口音混杂在一起就完全变了个画风，我的脑子也变得有些懵懵的。（其实“懵懵的”是我在这一天的主要感受……）

当我跟着人群走进学校大厅时，尴尬感在我心里已经逐渐蔓延开来。可能是我这个人比较敏感，当大部分人都找到自己久违的小伙伴一起坐下来神侃的时候，自己会有一种很突兀的感觉。这是一种强烈感受到自己与周围人有着偌大不同的体会。

正是这种格格不入的感觉会影响着像我这样的留学生们，让人紧张、不安、孤独与无助。也正是因为这种感觉会像影子一样时有时无地持续陪伴在我未来的几个月，甚至一年的学校生活中，我建议想送孩子去国外读高中的家长们：请一定要慎重考虑并弄清楚孩子们自己的想法。在国外读书真的不仅仅是用英语

校园里盛开的美丽蓝花楹

学习这么简单，文化的差异会在一定程度上影响着每一位留学生。文化差异带来的问题也是不确定的，如果想有把握自己去面对这些问题，那么每个留学生的心中一定要有一个促使自己坚持下去的动力。这动力的源泉一定要发自内心，这样才能用乐观积极的态度让一个个困难迎刃而解，才能在度过艰难时光之后成为一个升级版的、闪闪发光的崭新自我。

而现在能让我稍稍庆幸的是，我在6年前就打过这种“格格不入”的预防针。我再次故作镇定地扫视大厅，找了一个唯一最靠边的座位挨着两个男生坐了下来。在等待校长进来讲话的过程中我尴尬得不行：想象一下，当你的“左邻右舍”都在热火朝天地说着“鸟语”，只有你顶着一张陌生的东亚面孔突兀地坐在旁边，一副很不合群的样子默不作声。

我的天哪…… 这对于我这么一个爱说话的人来说，简直“尴尬癌”都要到晚期了！我不自然地摆弄着我的双手，又左顾右盼地打量着周围的人，最后实在忍不住就和坐在我旁边的男生和后排的女生打了个招呼。我简单自我介绍并说自己是新来的，还问了对方来自哪儿，读几年级之类的问题。他们也都很友好地回答了我并向我表示欢迎。现在回想起当时自己搭讪的场景也是挺好笑的，为了治这“尴尬癌”只能硬着头皮没话找话。所谓“长痛不如短痛”，当我横下心去搭讪并得到他们友好的回应之后，不安的情绪真的缓解了许多，虽然现在回想起来那个搭讪的举动好像更尴尬。

幸运的是，这里的学生在开学第一天给我的印象比我的预期要友好许多。主要因为我是在用自己6年前在美国读小学那一年的经历做对比。我至今还记得刚刚去那所学校前3个月里同学看我的目光，那种被人盯着的异样的感觉让人深深地意识到——原来自己

老式校徽的玻璃图样

通往教室的林间小道

才是异类。有着黑、白、棕色皮肤的不同人种不再是“老外”，黄皮肤的东亚面孔才是相对陌生的相貌——我才是外来的那个。虽说他们对我还不算 bullying（霸道），没有嚣张地做出明显欺负的举动，但是有些人对待我的眼神和态度实在令人高兴不起来。

我那年所在的班级在某种程度上有着对外来者的排斥，这种排斥放在一个语言不通、并且是来自那个离他们遥远而陌生的中国人的身上，仿佛就变成了一种歧视。在当时，“China”还没有像如今这般成为能在国际新闻上每天都会被重复提到N次的热点；当时的中国在向国际宣传自己的文化方面做得还不够成熟与全面。那时，在有些发达国家民众的眼中，“China”这个词只能狭隘地与地震、洪水、重度污染等各种被外国媒体报道的灾难事件联系在一起。

还记得有一次学校组织四年级的学生去大自然实地考察（field trip），过程中一个老师给我们讲解了如何用不同颜色代表不同等级的污染指数：颜色由深到浅，紫色最深，代表污染最严重；浅蓝则代表空气最好的地方。当时老师说华盛顿特区就是蓝色的代表，又问同学们知不知道哪个城市是紫色的，一个美国男生立刻喊道“Beijing!”我当时就瞬间“一脸黑线”，真不愧是“好事不出门，坏事传千里”呀。那时有一个同学甚至在下课的时候问我在中国都穿什么样的衣服，他们不会真以为2009年的中国人民还都穿着长袍马褂留着长辫子骑马上街吧？

如今在这里，可能是因为国际学校本来包容性就强，再加上有这么多了不起的中国工程公司在非洲实施着各种基础设施改善建造项目，以及中国现在在国际上的地位和重要性都大大地提高了，所以这里的同学基本没有因为我的面孔和肤色不同而另眼相看，反倒是我自己因为拘谨而瞎担心了。

别说，他们还真都挺热心的，帮我找 locker（寄存柜）、问课程表、找教室……一个个都挺友好，所以说今天在学校的一整天下来，我还真有点“受宠若惊”的感觉。最幸运的是，在开学的第一天我就遇到一个对我特友好的印度妹子，我们被分到一个班之后她就

教室外绿树成荫

特别热心地帮助我，有什么不清楚的在问过她之后都会给我一个靠谱且有效的答案，还像中国式闺蜜一样跟着我到处走。

要用一个词总结我在第一天对新学校的感受，那就是“鸟语”花香。“鸟语”是因为我又一次完完全全地被包围在叽里呱啦的英语环境里；花香是因为我们学校真的是自然环境超好。这里基本没有楼道，大多都是只有一层的教学楼（不过这只有一层的真不能叫“楼”）。当你走在去下一节课所在教室的路上时，周围不是花花草草就是绿树成荫，时不时还会突然跳出几只长尾猴。这群猴子可真不是省油的灯，即使它们一个个都长着一张萌萌的脸，你可千万不要被这些天真无邪的外表蒙蔽了，拦路围攻加抢东西，它们做的样样都少不了。

食堂旁边一片巨大的草坪就是我们的操场，没有主席台或塑胶跑道，满眼都是大片大片的草。这片草地会随着气候的变化而转变颜色，雨季是绿油油的软草坪，旱季又会变成黄色的干草地。在草坪的几个方位根据课程摆放着曲棍球或是足球门，周围一圈也不知道是被什么东西压出一道道似跑道轮廓的痕迹。说到草坪，我们学校可不止这一块，草坪随处可见，有些学生还会坐在草坪上一起吃午饭，惬意得很！（这些外国人好像真不介意里面的虫子……自然环境这么好，虫虫怎么会少呢？）就连这里面的绿植对于我这个第一次来非洲的人而言都是些奇花异草。比如说，咱们在中国放在花盆里养的小仙人掌在这里全部长成了参天龙骨树（简单来讲就是大树那么大的巨型仙人掌），花更是五颜六色，虽然我叫不出它们的名字，但是欣赏起来漂亮极了。所以说，你如果不去注意一个个矮矮的教学楼，可能甚至会认为自己误闯进了一个大公园。

不过这“鸟语”花香的第一天，即便有小伙伴们

通往 learning support 的教室

的友好相助，我也真心被这混乱的走班制时间表给折腾得够呛。这校园的占地面积和我原来在北京的一七一中学相比简直是辽阔得“一望无际”啊！再加上每个人在开学第一周的课表都是乱七八糟的（因为十年级是走班制，大家选的课除了数学和英语以外都是不一样的），一旦走错教室就又得徒步“旅行”到下一个教室。（而且配制服的皮鞋真心不适合这么“长途跋涉”的走法儿……）

我的课表也毫无例外地从第一节课就开始乱套。我的班主任是个肯尼亚人，办事很有“非洲风格”。他在第一节课都开始了10分钟后才不慌不忙地给我打印出来我今天的课表。他又看了一会儿才弄明白我现在应该去上历史课，又研究了半天才告诉我现在应该去哪个教室……我作为一名中国的好学生，自知已经迟到，便飞快地跑向那个教室。谁知当我上气不接下气地赶过来时，一帮学生还聚集在班门口没进去呢，因为老师还没到就不知道自己去哪个教室上课。没错，十年级是这个学校第一次执行走班制的年级，所以第一天更是特别的混乱，学生和老师们都不知道自己该在什么时间出现在什么地点。等老师来了我才终于进了教室，并和一些女生坐下来喘了口气。在历史老师出去拿材料的时候，我又为了化解尴尬就和旁边的几个女生聊了两句，可这和她们一聊我立刻就“呵呵”

校门入口处

了……幸亏我还问了一句为什么她们要在笔记本上班级那一栏写9C，她们和我解释说因为她们是九年级呀。我立刻抓住重点并和她们强调我其实是十年级的啊！哎，我终究还是走错了班……而且不仅仅是走错班——我竟然还出现在了错误的年级！我立刻意识到问题，于是迅速拎着包“淡定”地走了出去。一出门还就撞见了历史老师，我赶忙掏出课表和老师语无伦次地解释自己好像是走错教室了，并且我声明自己真的看不太懂这种类型的课程表。老师是个谢顶的英

校内露天游泳池

国矮个子中年男子，他耐心地听我说完，接过课程表看了一会，然后告诉我现在其实应该去上全球视野（Global Perspective）的课程；而后又指出我应该去哪个教室，最后用蓝色的眼睛隔着镜片看了我一眼说：“你是新来的吧？”我一副尴尬的表情笑着点头谢过就转身奔赴下一个“战场”。

喵了个咪的！这要让“尴尬癌”患者怎么活？

在经历了一整天“鸟语”花香的洗礼，回到家瘫坐在沙发上的时候，我才感觉到真是累啊！这是一种由内而外、身心俱疲的感觉。因为好久没有用英语生活了，这么一下子让我突然用英语听说读写了足足7个小时，顿时觉得一个脑袋变成两个大。这也是我第一次忙得差点连自己的生日都忘了：直到发现桌子上有个蛋糕才恍然大悟。

哎，我可是准备在这地方呆三四年的。吃一块蛋糕，碰一下杯，许下一个愿望，那咱就祝我这个中国妹子将来能在这“鸟语”花香的学校活得越来越好啦！

与我多色“童鞋”有关的事项

Hillcrest是个英制的国际学校，学生也真是多种多样。无论是外貌长相还是性格爱好都有各自的特点。所以我觉得我在这里还是很值得给你们介绍一下我多色“童鞋”（同学）的相关事项。

不过说实话，这么按“色”写标题会有些racism（种族歧视）的嫌疑，那么大家就当我这个小编在这里当一回“标题党”好啦。我下面说的都是那些关于我这些同学的事儿，什么小黑小白的并没有任何歧视的意

我的多色好“盆友”们

思哦，只不过我想这么用词能让大家更好地在脑子里有个概念啦。

嗯，那我们闲言少叙，步入正题！

《“鸟语”花香第一天》里我曾提到过当时我曾惊讶于这所学校里白人的数量。这些“小白”基本都是来自欧洲各国或是南非（没错，之前我并不知道非洲的这个区域能跑出来这么多“小白”，而且我认识的南非人全都是“小白”）。当地肯尼亚人也都是身材超棒，女生基本都是该有的地方有，不该有的地方没有（咳咳，请相信此处小编依然是一张正经脸）。

——嗯……所以说嘛，虽然本人不是花痴，不过小编自认为自己的审美还算极好的，那就不得不承认我们学校真的是盛产帅哥美女啊！

而我的这些同学们呢，他们一到青春期就都长得比较成熟。要是以咱们的审美观察他们，可能会觉得这些人素颜显着大两三岁，一化妆甚至能立刻大出十几岁去（真心不夸张）。有一个叫莱塔的以色列女生因为个高身材好就去了一个专业摄影棚拍了一系列模特照片，里面几张黑白效果的让我差点没认出来她，要是从来没见过她只看照片的话，说她快三十岁我都不惊讶。而且一到学校不要求穿校服的时候，有的女生就会穿上各种露脐装、超短裤、低领衫等。反正就是能露胳膊露胳膊，能秀美腿的秀美腿，这亏了是平时

要求穿校服，要是都让穿自己的衣服，那些男生也太容易无心学习了……（哈哈，捂脸吧）

所以，以我的身高（165cm 左右，在中国同龄学生里算是不高不矮吧），再加上一张正宗东亚素颜小白脸（趁着还没被晒黑），曾被他们三番五次地误认为是九年级的小学妹。怪不得第一天上学，我安安静静地“埋伏”在九年级班里都没人发现（要是没人告诉我这是九年级，我当时都不知道自己已经走错教室了）。

在我来到这个学校两三个月后的一天，当时我正在合唱团里排练，唱着唱着突然进来几个学姐，和老

同学生日 party 时和小水池玩得不亦乐乎

我的好朋友们

师小声说了两句，然后就用手指了指我，在老师点头后就把我带出了教室。什么情况？我一脸茫然地被她们带到门外后才知道她们是要采访一下我来写校刊，她们一上来就问“How was your bonding trip?”（“你的年级野游办得怎么样？”）可问题是我们的野游计划根本都没开始呢，在听了我说这句话后变成她们一脸迷糊了。

然后，我详细解释了我们十年级的 bonding trip 被延期的事儿，她们仍然一脸茫然地看着我，像是为了确认似的，又跟我说了一句“So… You're a year 10…”（所

抓拍的生日派对上的两位小美女

以说……你是十年级的？）在我还没反应过来的时候另外一位学姐瞬间就笑场了，在问我话的那个学姐好像突然明白过来什么似的，也立刻哭笑不得地开始给我道歉，说“不好意思，我们还以为你是九年级的，那你回去上课吧……”在我明白过来到底发生了什么之后，也只好摆出一副哭笑不得的表情就回去继续唱歌了。

前面我也提到了英制学校是要求穿校服的，而且当初我进学校之前，可谓是仔仔细细地阅读了一番那制订缜密的校规，竟然细致到规定：女生要是打耳洞必须只能一个耳朵上有一个，男生一共只能有一个……恨不得戴什么样子的饰品都规定好了，剩下那些女生裙子的裙摆至少要到膝上四根手指宽的位置之类的规定又是一大堆了。可谁想，再英式的英国学校它也不在英国——咱这是肯尼亚，对不对？于是我在学校第一天就见识了几个两个耳朵加起来恨不得有七八个洞的妹子。而且，有些女生的裙子短得在膝盖上放两个巴掌都不会被盖住。可能这些女生也属于学校里比较难管的“惯犯”吧，即便校服再不标准也会有一些逃离老师检查的窍门。

接下来就和大家说说我的这些同学给我的第一印象——开放。开放其实主要体现在东西方文化差异上，这个词用在此处并无贬义，换句话来讲就是指绝大多数外国人的comfort zone（舒适区）比较大，并不是说咱们有多么守旧。比如，就拿最普遍的拥抱这件事来说吧，中国人一般情况下即便和熟人打招呼，也没有每天一见面上来就熊抱的，热情地招手笑笑就得了，要是只见过几面的会微笑示意。但我这儿的同学就不一样，他们要是和你不熟就不打招呼，路过的话眼神都没必要互相对一下，要是比较熟的就直接拥抱。我倒是很喜欢拥抱打招呼的方式，因为这样一下子拉近了两人之间的距离，而且很温暖。不过如果突然出现一大帮你的朋友，那每个人就都得抱一次挺麻烦的，他们还会一边挨个抱，一边互相聊天，像我这种刚刚再次被扔进英语圈，暂时还一心不能二用的，思考先抱哪位再抱哪位的过程中语言功能就会退化一半。

还有就是男生女生之间的肢体接触一开始让我实在是很不习惯。我并不算特别保守，不过刚刚到一个新的异国文化环境中总是会有些不适应。刚开学前几周，有一次在课上有个男生突然一边用手拨弄我的马尾辫，一边和我不着边际地聊了两句，我当时身子一僵——哪有我都不认识的男生一上来就摸我头发的？于是我大脑瞬间卡机般地转身，故作坦然一脸严肃又无比生硬地岔开了话题，道："你叫什么名字？"这一连串的动作下来，我觉得自己这个问题问得也太"前不着村儿后不着店儿"了吧……

学长的生日 party 上“顽皮”的鬼畜蛋糕

后来我对不是情侣的男生女生一起拉手玩耍、男生躺女生腿上这种亲密举动已经司空见惯了。虽然，我并不太赞同他们这种表达亲密的方式。再后来，我也被他们摸头发摸习惯了，因为无论男生女生一找到时机就会来“玩”别人头发。很多外国人好像都很喜欢中国妹子的黑长直的头发。他们一到重要场合都要把头发拉直才觉得好看，就像很多中国人喜欢把头发染上颜色再烫成波浪卷，这真是充分体现了“没有的才是最好的”的真理。

我的万圣节妆容全靠口红和特效

接下来我就说说我们学校的小情侣们。要是在国内，男女生是不是情侣大家一眼就能看出来，可上面我也说了，在这里普通的异性朋友都能表现得那么亲近，所以有时候学校里谁和谁是一对儿，反而不太能看出来。而且，他们不像很多国内中学生那么忌惮“早恋”，换伴侣比剪头发还频繁。我认识的一个女生平均每两个月换一个男朋友。她们没觉得谈恋爱有什么大不了的，有的就是因为觉得没有男朋友太无聊，这样甚至会出现没谈一周就分手的……可以看出我的大部分同学在青春期谈恋爱都不太严肃认真，基本每个女生到十四五岁的年纪都会有过至少一个男朋友。所以当我的朋友们听说我一个男朋友也没有过的时候，立马摆出一副惊讶脸，满脸的不可置信，弄得好像我无故浪费了这 15 年的人生似的。

接下来我要满足广大民众的一个好奇心，那就是回答大家对非洲人最普遍的一个问题：他们头发上那么多小辫子是怎么弄的？因为我在这里有几个很要好的朋友都是肯尼亚人，所以我也终于找到机会去一探究竟。一开始，我听一个在这里工作的中国人说他

我送的生日贺卡

们的头发都是假的，因为他们头发太硬容易断，就只能接头发。这种说法立马触发了我的好奇心，但经过同学的口述加上亲眼听见，我发现以上说法只说对了50%。当地人的头发和我们的相比的确要硬很多，但每个人的发质还都不太一样。有的人稍微软些就更有韧性不容易断，他们就可以长成爆炸头（这些蓬蓬的卷毛看多了也觉得挺活泼可爱的），不过这种头发一遇到水就没型了，而且还会“缩水”，所以顶着蓬蓬毛的同学都怕淋雨。而且他们说越少碰头发的末端它就越不容易断，所以就连他们用的梳子也和我们亚洲人用的不一样：梳面大概有一个小巴掌大，塑料柄在梳子齿的底端，整体效果看起来像一个被压扁了的带齿的塑料铲子（我第一次见他们拿出这个东西时，还一脸好奇、一副少见多怪的样子问这是什么）。

咱们继续说另一种头发，那就是很硬很易断的，基本就在头皮上只有差不多1cm长的小卷毛。那些长得很非洲却有直头发的要么是假发，要么是被拉直的，而满头小辫子的包含一定的假发：她们去美发店把自己的头发和假发编在一起，因辫子的重量、颜色、形状不同而定不同的价格。弄出满头的小辫子也是一项浩大的工程，一个顾客需要至少一个以上的美发师，美发师少的情况下需要弄7个多小时，而且还得定期去美发店紧一紧辫子的末端，这样能持久保持。这些

五颜六色的泳衣背影

有小辫子头发的人洗头发的频率低，要洗也就是专注洗头皮，不过洗过之后真心超级难干——我的一个朋友说她周六洗的头发到下周二才彻底干……

说了这么多各具特色多种多样的同学，下面我要向大家介绍一下我在肯尼亚关系最好的朋友——一个印度妹子 Sangamithra。我们在开学第一天就成了好朋友，她领着我一一介绍偌大学校的每一个角落，下课我们总是一起走，这样就完美地避开了刚开学时我的

小寿星草坪上拆礼物

“尴尬癌”症状。能在一个陌生的国际学校交到这么热心的好朋友真是太幸运了!

可能同是亚洲人，文化差异相对小，我们俩“三观”大致相同，所以她在开学第一天就帮了我好多忙。我们学校的印度人大多都是理工学霸，这个妹子也不例外。刚开学的时候她家长让她选所有理科课程——数、理、化、生，再加一个 ICT（计算机应用）和 Computing（计算机编程），为的就是让她以后要么学医、要么学工程、要么学电脑。她自己也的确是学理工的料，办事极其靠谱，还特别注意细节，比如学校什么时候考奖学金啊、什么时候模拟考啊、IGCSE 考试时间表在哪个网站啊、每一章节的 syllabus（大纲）啊等，全部门儿清。这方面她简直就是个百事通加备忘录，要不是她拉着我去考奖学金我都不知道哪天考，理科的题问她准没错，尤其是生物，成绩在咱班里绝对是数一数二，所以说有个学霸做闺蜜还是非常有帮助的。

接下来我要稍微“吐槽”一下我和这妹子的少有的几项观念差异。她有时候有点一根筋，很多固有观念只要认准了一个理就认为一定是对的，而且极其难改变。比如说，她从来不喝苏打水，因为她说她五岁时喝过一次可乐觉得不喜欢，从此就再不尝试，茶和咖啡也不喝的理由是她家长从来不喝。

我们俩最大的差异在饮食上，因为她一直生活在一个印度教家庭里，所以自打出生就没吃过肉，是个Vegetarian（素食主义者），但是吃鸡蛋喝牛奶，所以总结一句话：人类杀动物吃或是用动物做实验都是对动物无比残忍的折磨，我们无权剥夺动物的生命！人与动物是平等的！我非常理解她保护环境、保护动物的崇高志向，也赞同人与动物和平共处，可我实在做不到不吃肉。

自制蛋糕庆祝南非妹子生日

说完好朋友，再说一说这个学校的氛围，Hillcrest是按照英国私立学校标准设定的，所以学费自然比较高。经过我爸的计算，因为英制分为三个学期，每个学期还有一周的期中假，所以平摊下来学费每天超过100美元（不过跟国内或其他发达国家的私立学校相比还算便宜啦）。这么看，我们的同学真的都挺有钱的，但是不说根本看不出来，他们穿的衣服几乎没有奢侈品，家长接送的车也很少有名牌，有的甚至直接开Safari的无窗吉普配着一路滚滚红尘飞驰而来。

不过要是参加过他们的生日会就会见识他们在party上的“豪”。外国同学过生日和我国内朋友的风格很不一样。国内我们都习惯四五个最好的朋友一起去商场逛街、看电影、唱歌、吃饭，或者玩密室逃脱、撕名牌游戏等，反正咱们大多愿意在室内。在肯尼亚，因为商场没有什么特别好玩的，同学们都在家举办派对，大部分住在凯伦区的同学的家里都有一个大院子，办派对的时候就在户外搭一个大帐篷，还会租来水滑梯或买小的塑料水池。还有的过十八岁生日正好赶上万圣节的就会弄一个万圣节主题派对，请来专门的活动设计师布置好自助餐和乐队，家里还从英国运来各种各样的万圣节装饰品，来的朋友也要求化妆成妖魔鬼怪。我没有那么深的化妆功力，就只能用一支口红又画嘴唇又画眼线又画猫胡子。有的同学还买了为万

我的照猫画虎式小篆生日祝福

圣节专用的彩绘颜料把自己化成小鬼似的花花脸。

妆容不说了，说说礼物吧，为了体现中国特色，我“现上轿现扎耳朵眼儿”照猫画虎地学了点小篆，然后临摹似的引用一句古文祝人家生日快乐。他收到礼物时，看着我龙飞凤舞的“毛笔字”（我感觉那纯属是画画的功底，也只能送给不懂中文的人了……嘘……），还一脸兴奋地不停感谢，据说还要装裱起来挂墙上，我都有些受不起啊！

“虐心”课程

我相信很多在国内上学的小伙伴都会对出国留学存在些许疑虑，而最常见的问题就是：在国外上学是不是很轻松？这个问题，对于中学时期的我们而言，答案肯定是不轻松的。因为学习本来就不是一件多么轻松的事，更何况，留学生还要用不是母语的英语来学习那些“虐心”课程。

说白了，要是想学习好，不管在哪儿都有哪儿的累法儿。我上的是和英国同步体制的国际学校，就是说，Hillcrest 和英国大部分中学体制完全一样，Secondary School 是从九年级开始的（我是在国内上完初二，然后来这里直接上的十年级）。十一年级“英制中考”是 GCSE，因为我们是国际学校，所以考的是 IGCSE（I 代表 International）。十二年级考试是 AS，十三年级毕业考是 A2，这两个加起来才是 A Level。

十年级大致要求三门必修课：英语、文学、数学。剩下的选修课七门左右，大家可不要认为必修的才是所谓的主科，选修的都是副科——错！选上的十门课全部是主科，全部要参加十一年级“中考”IGCSE。中考加引号是因为 IGCSE 还并不完全只有中考性质，申请大学时也会要求看 IGCSE 里四五科的成绩，所以更加“压力山大”啊。

选修课的选项很多，每个学校根据自身情况，提供不同的科目。我们学校有美术 (Art)、戏剧 (Drama)、音乐 (Music)、食品研究 (Food Study)、全球视野 (Global

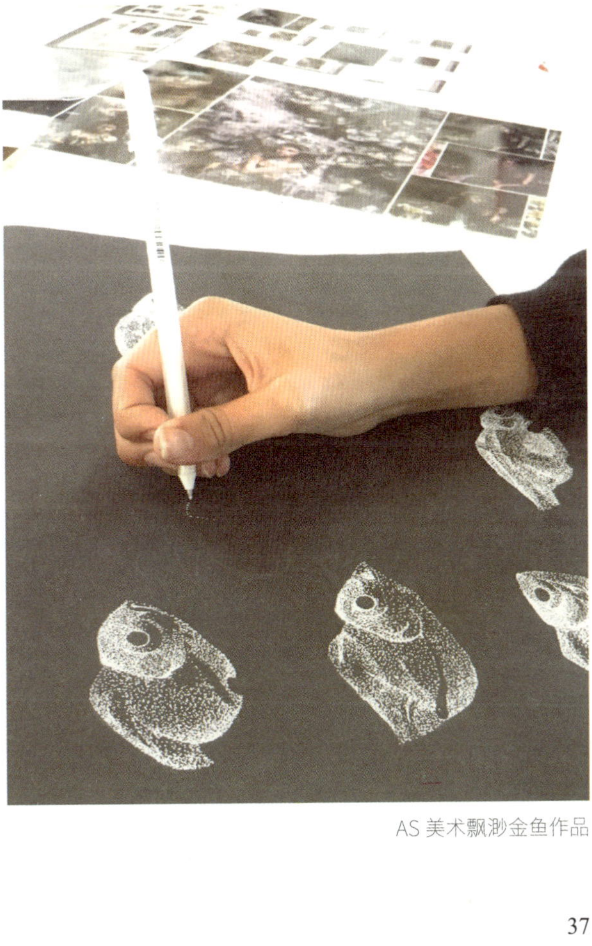

AS 美术飘渺金鱼作品

AS 美术素描

Perspective)、地理 (Geography)、商务 (Business)、历史 (History)、计算机编程 (Computing)、计算机应用 (ICT)、工程设计 (Design and Technology)、生物 (Biology)、物理 (Physics)、化学 (Chemistry)，还有各种小语种。

十年级的学生可以从选修课中最多选自己最喜欢的七门，至少选四门。不过建议在生物、物理、化学中至少选一个科学课 (Science subject)，至少选一门“二外”（第二外语），剩下的就是自己随便选了。每一门科目学的知识都很专业，根本不是闹着玩的，比如我一开始本来想选音乐，结果发现学这个需要考作曲，我立刻就放弃了：只会看简谱弹古筝，还让对钢琴等西洋乐器一窍不通的宝宝看五线谱真心无力啊！

不过要说到“虐心”课程，那我这个食品研究课绝对是置顶标题。我们很多课在考试的时候都分理论课和实践课两部分，食品研究就是一个很好的例子，连平时上课都要分两个老师给我们讲。我选课的时候听很多人说这个课能学做饭、做西点，很有意思，关键是做完了，还能打包回家吃！于是我就选了——后来的教训就是，千万不要因为贪吃而选课啊！虽然这门课的确是非常实用，而且有利于维持身体健康，但是它的理论课瞬间就成为让我最虐心的课。有些人会问“吃的有什么理论啊？有什么好研究的？研究吃的

摄影 & 美术比赛

也不难啊！”对此，我只能回复“呵呵”二字。蛋白质、碳水化合物、脂肪、矿物质、水、维生素 A（Retinol）、维生素 B、维生素 C（Ascorbic Acid）、维生素 D_3（Cholecalciferol）、维生素 E（Tocopherols）、维生素 K（Phylloquinone）的功效，摄取太少得什么病、摄取太多得什么病、吃什么食物能得到这类维生素、术语全称等，全部要掌握。而且 B 族维生素要精确到维生素 B_1（Thiamine）、维生素 B_2（Riboflavin）、维生素 B_3（Niacin）、维生素 B_{12}（Cyanocobalamin）和叶酸（Folate）等，每个维生素都要记住它们的化学名称……最令人崩溃的是这五个 B 族维生素的名字、功效、摄取过多或过少的症状，甚至食品来源，全部要区分得清清楚楚！书里面这个病那个病全部都是医学术语，比如我们刚刚学的 Osteomalacia（软骨病），Osteoporosis（骨质疏松），Megaloblastic anaemia（巨成红细胞性贫血），Marasmus（消瘦衰弱），Kwashiorkor（夸希奥科病，恶性营养不良）……这么一大串不着边际的字母组合在一起，连英语是母语的外国人都觉得拗口。

以上还仅仅是我们一年学习中的一个单元，剩下的还要知道消化系统里各个器官分别分泌哪几种酶、哪几种酸，这些酶和酸又分别有什么功效，以及各种各样琐碎的、和食品原料以及营养有关的知识，比如什么香料配什么菜，这些国外的香料全是干叶子似的，

小组制作历史小报

我之前见都没见过，连名字都没听说过，更别说记住怎么应用了。

食品研究课能成为置顶的“虐心”课程，不仅仅是因为它的理论课，实践课也绝对值得和大家“爆料”一下。首先，这的确是个蛮有趣的课，每周都能从学校带回来我亲手制作的西餐吃，这些西餐一个个都富

我为 IGCSE 食品研究实践课考试所做的小报

含奶酪黄油，热量高得绝对管饱，所以我妈每周一晚上都不用做几个菜就能把我们打发了。还有，这学年的考试也只在年末进行一次，不过就为这么一次考试可把我给忙活够呛。考试内容是在 2 小时内现场做出 5 道有技术含量的菜，还要把碗连洗带擦放回原处，甚至连地面、水池干不干净都要打分！这 5 道菜选择的要求，老师会提前一个月发给大家，以供在家练习。真正考 IGCSE 的时候还需要限时写出时间规划（为了节省时间，那 5 道菜得交叉进行，要写出什么时候把什么放进烤箱，要烤多长时间，同时要做其他什么事情等琐碎的细节）、制作步骤和购物清单（需要把食品原料分类，还要精确到所有菜的每种用料及用量），这三张不同的单子只有 2 小时来写，而且我最不理解的是写这些必须用特别小的字挤着写，因为每种单子只给一张，写不下多要会扣分。

不过经历了这次的食品研究年末大考，我真真正正地体会到什么叫“功夫不负有心人”。实不相瞒，理论课我短时间记忆都记不太清，更何况这次一下就要考一年学过的知识，更是感觉自己什么都记不得了；我在实践课上做饭的速度也比别人慢，毕竟咱们平时

我的 IGCSE 食品研究实践课考试现场作品

食品研究实践课考试上我的成果

在家几乎从不吃这些东西啊。所以在临考试的前两周，我的内心几乎是崩溃的。无论是理论还是实践部分，我都没有一丝丝的把握。于是，我决定把这两周全部用在复习食品研究上，天天背各种营养元素的特性，我的时间规划草稿也不知道写了改、改了写多少次，终于找出最节省时间的步骤，而且还在家里把我选的那5道菜练习做了三遍，弄得我妈一闻奶酪味儿就恶心……即便这样，当我走进考试的厨房时还是有点懵。为了最后的摆台要求，我还特意带了桌布、鲜花和白盘子，结果我大部分的同学都把各种好看的小器皿、蜡烛台和红酒杯都带来了，每个精致的餐具下面还又另外垫了一小块餐布！弄得我爸差点当场就要跑到超市给我买好看的餐布，不过被我制止了，因为简洁也是不错的，况且谁的饭做得好还不好说呢。

这次，老师其实也只要求我们尽力快点做就行了，有消息说：前几个班有好多人做了5小时——还没做完。经过我们一系列的手忙脚乱之后，我这个班也毫不例外地都超时了，但我要在这里自豪地说：“我是这个班里最快完成5道菜的哦！”而且我还要低调地跟大家讲：“这5道菜都挺成功的！”（没错，就是想让全世界都知道我很低调……捂脸）只不过当我刚要掏出手机拍下我心爱的美食，才发现刚刚还一直和我聊天的老师早以迅雷不及掩耳之势将“魔爪”伸向我的佳肴，还在每个菜上切了一小角以供品尝打分——你们说这还让处女座怎么活？然而值得开心的是，最后竟然得知我的理论课拿了A，实践课拿了A*（就是A^+）！不过，在真正经历了IGCSE后，感觉我当时年末考试的摆台真心单薄了点。

说了这么半天食品研究，是时候给你们讲讲我的其他功课了。

生物是我选的唯一理科，它比物理化学更丰富却绝不比它们简单。我开学第一天的下午就有一节生物课，那堂课我至今都记忆犹新——那是我当天唯一一

我的 IGCSE 食品研究实践课考试现场作品

节什么都没听懂的课。这里的生物比国内我们中学讲得详细多了，当天我们学的是“植物中的渗透”，不管是老师口中说的，还是 PPT 上写的一大堆生物术语，我一个也不懂，就连抄笔记都比别人慢半拍，幸好当时坐在我旁边的一个满口英音的澳大利亚金发妹子，每次看见我没抄完上一页的 PPT，就很贴心地把她的笔记本让给我继续抄。

教我们生物的还是一个要求特别高的英国女老师，也是我所有老师中最像中国老师的一个。她一头齐肩金白色的头发里永远泛着黑。后来她告诉我们她染头发的原因，通常外国人都开玩笑说金发的人智商低，而我们生物老师说：“我就想让他们见到我都以为我是个不怎么聪明的金发妞，但其实我可什么都懂哦。”老师眼眸的颜色不太好准确描述，说蓝又不是全蓝，有时候还带着些绿色，要是仔细看，在最里面一圈还能隐隐看出一丝金黄。我是很注重看别人眼睛的人，她的这双眸子给我留下了深刻的第一印象，它们在不同光线下反射的颜色会有些许不同，闪着睿智的光芒。她在我们学校算是全能型，生物、物理、体育，她全都能教。最令我惊讶的是，这个年龄在三十左右的女教师以前还在英国当过警察，而且还是刑警！就是负责到犯罪现场搜查各种线索的！真是厉害得帅呆了！

她还是个挺幽默的人，经常会用诙谐的例子来解释复杂的生物现象，偶尔还会把她家那只大金毛带到学校里来陪她上班，理由是“我感觉它今天早上看我的眼神很孤单呢”。狗狗被老师驯化得特别乖，我们在生物教室里听课，它就在讲台旁边趴着，不乱动也不乱叫。从狗狗都能看出这个老师的纪律性特别强，上课学生来晚一分钟就算迟到，一次不完成作业她就要在午饭后留你写作业。

第一堂课上她还叫我起来回答问题，我磕磕绊绊地解释我原来没学过这些单词，她满眼疑虑地问我以前生物是不是全用汉语学的，然后又半开玩笑地说她总不能用汉语给我讲课吧，最后告诉我她给我两周的适应期，两周之后就要将我和其他学生同等对待。不过有时候不逼迫一下就不知道自己的潜力，也多亏了我最要好的那个生物学霸印度妹子（每次考试都是我们班前几名），我用了不到两周的时间就能听懂老师上课讲的95%，虽说生物老师的语速很快，但还好，

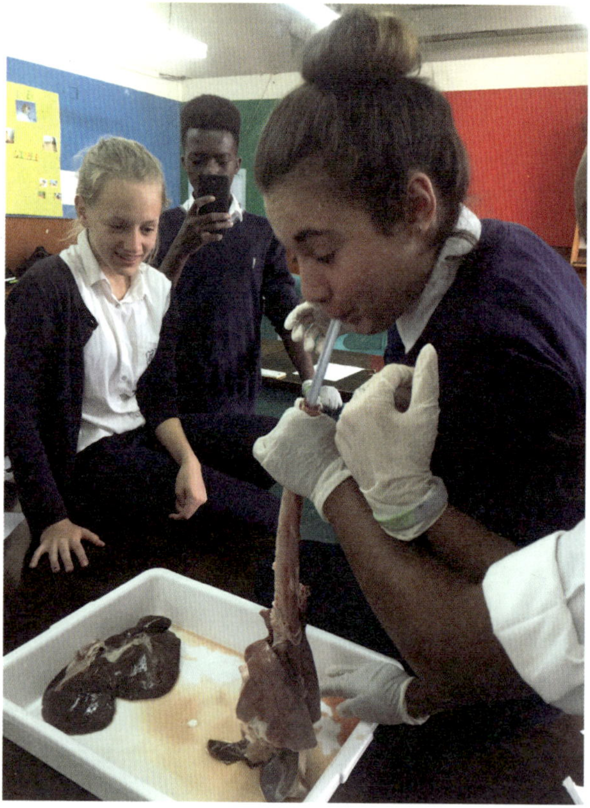

生物实验——吹羊肺

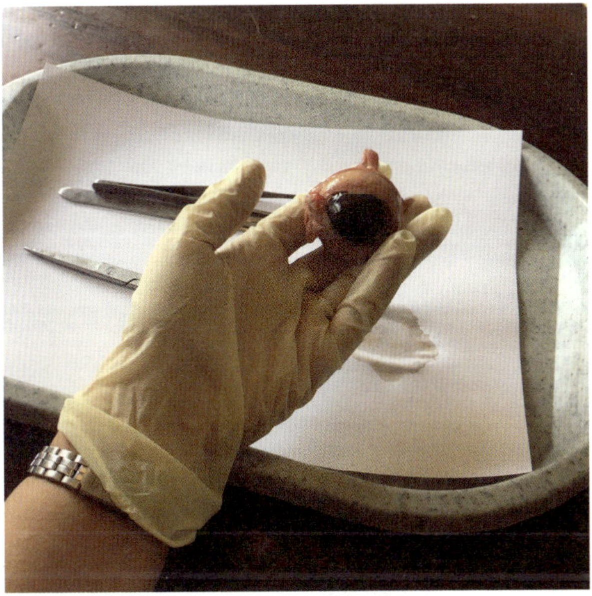

生物实验——解剖牛眼

她有一口标准却不生硬的英音，所以只要不是生词我都能听懂她讲的是什么。

在这里，我发现有些课抄的笔记比国内还要多，生物课是我用本子用得最多的课，A4 那么大的本子我这一年写满了四个。年终考试复习的时候把所有九门加起来简直是无从下手，再加上我把考试前的两周全部用来复习食品研究，其他的课全部只能在考试的前一晚复习，要是第二天分上下午考两门还行，中间还有自习时间复习。可是生物考试竟然分为实践部分（现场按要求做实验、写报告并答题），理论部分和单选这三部分来考，这一考就一整个上午啊，下午还有商务课的考试，这个可也是有整整四本笔记要复习啊！所以得出结论：千万别学我临时抱佛脚。

【其实戏剧才是我所有课程中最难的！我在后面专门写了一下它的虐心程度，大家慢慢看咯。】

只有在考试的时候才会突然发现一个现象：当理科生烧脑，当文科生手疼——而且同样烧脑！2小时让人写四五篇论文，不仅要逻辑清晰，而且手速要快，基本上脑子里想什么就得迅速写下来，所以每次考试的时候我的手都凉得像冰，任由一帮英文单词在我脑子里“群魔乱舞”。

好啦！很多小伙伴在我经过一年的英式学习后都会有很多学校方面的问题想问我，那么接下来就是我们愉快的Q & A环节啦！我的回答大多都是主观客观结合在一起的，所以仅供参考哦。

Q：国外作业多吗？

A：和国内的题海战术比不算多，不是每科每天都留作业，留作业的话也大多是给你两三天或一周来完成的，而且假期一般不会有太多的作业，但是这里的作业很多都是要写论文的（因为我是文科妹子嘛），比那些有标准答案的题库难完成多了，都是必须你亲力亲为地动脑子去努力，所以也是很耗时的。而且也得

印度学姐的精致 AS 美术作品

看你选的是什么课，比如戏剧课到后来虽然作业不算多，但是写各种剧本、背台词也很累心啊。

Q：外国老师是不是都管得不严啊？

A：因为我上的是英制学校，老师比中国大多数老师幽默一些，而且的确没有中国课堂那么严肃，但是和美国小学老师比起来还是蛮有威慑力的。上课说话要举手，对待老师要很有礼貌地问好，见到男老师要说“Hello Sir”，见到女老师要说“Hello Miss”，而且主要还要看是哪个老师以及那个老师当天的心情（比如说我的那个生物老师绝对算管得严的）。

Q：考试很多吗？

A：我们一年分三个学期，每个学期中间还有一周的期中假，所以十年级的时候基本上在每个假期前每科至少考一次：架不住我们科目多啊！所以基本一个月总有四五次考试。到了十一年级因为要备战IGCSE，考试就基本成了家常便饭。

Q：学的内容难吗？

A：绝对不简单！每科都学得较专业，而且会越来越专业，所以选课的时候一定要按自己的兴趣！后面的课一年比一年难，没有兴趣是无法有动力坚持下来并取得好成绩的。尤其是到了十二年级学AS后，会明显感觉难度和以前相比以翻倍的速度增长。所以说——难！

Q：在国外能交到好朋友吗？

A：这个就要因人而异了，每个地方的人和氛围都不一样，文化差异肯定是存在的，不用勉强自己，但是要对自己以及中国的文化有足够的信心，自然地去融入就好。勇敢地去表达真实的自我，积极参加学校的各种活动，也有助于你交到好朋友哦！

我们一起来“抓马”

第一个外国“抓马”老师

自从我听说 Hillcrest 有 Drama（戏剧，由于它的英文发音，我爸爸妈妈总开玩笑地称其为“抓马”）这门课我就一直想选，并不是因为觉得它会很简单，而是我从小就对话剧和表演特别感兴趣。Hillcrest 学校里的

圣诞音乐会表演

戏剧课概念却和原来我在小学时参加的校园剧团完全不一样。

我刚来学校的第一天，最后一节课就是 Drama，出乎我的意料，我们的课竟然直接在礼堂的舞台上进行。推开礼堂门的时候同学们都已经在舞台上把椅子码好并围坐成一圈，一个体形略大、胡子拉碴的白人男老师朝我进来的方向看了看，挥手示意我也找把椅子坐下。

仔细观察了这个老师后发现，他的长相就很戏剧化：个子挺高，身材也挺魁梧；下巴上和鼻子底下都长着茂密的黑胡子；黑色的眸子，目光坚定而炯炯有神；衬衫外面搭配一件马甲，即便是穿着长裤的时候，也故意露出一双分外显眼的彩虹条纹袜，整个人往那儿一坐却是气场十足。

等他一开口那气场更是蹭蹭往上长啊，声音很有磁性，说话的时候永远都是浑厚而底气十足的。每当我们围坐在他身边听他讲课的时候他都会特别注意控制自己的语气和语调，时不时还稍稍停顿以确保我们明白他讲的意思。说话的时候他的眼睛也同时在我们每个人身上挨个停留一下，好像一定要时不时看着每个人的眼神来确保他向我们传达的信息是被有效接收的。

听他讲课真是一件令人愉快的事，从来都不会让人觉得无聊，即便是有疑问他也会立刻做出清楚的回答。我最喜欢这个老师的一点就是，每当你提出一个问题，他都会盯着你的眼睛，身体微微前倾，然后在认真做完详细的解答之后还要再向你确认你明白没有，这种全神贯注的沟通方式让人感觉自己很受尊重。即便他很愿意和我们幽默地开玩笑打趣，但他讲课时严肃认真的神情让学生对他肃然起敬。

有时他好像一定要让我们体会到他的戏剧细胞，所以动不动会突然一下子装作生气的样子，横眉竖眼，怒目圆睁，还同时把嗓音调到最大。话剧演员声音的穿透力那是没得说，宛如河东狮吼回荡在整个礼堂里，当即就把全班人震得近乎炸毛，全场一片死寂，我也连大气都不敢出。随后他却突然又朝我们笑嘻嘻地说："嘿嘿，我还真把你们吓住了呢！你看，这就叫很有效地制造戏剧张力！"

【看来有人说演员都应该是精神分裂真不是闹着玩的啊……】

校园剧康老师

前面那部分写的是我的第一个外国戏剧老师，这也让我回想起曾经的小学校园剧康老师。校园剧不仅让我第一次接触到话剧，也是让我爱上舞台的一个重要契机。

虽然当时我们只有小学四年级水平，但是指导校园剧的康老师和国外的小学老师相比，对我们的要求严厉得多。她个子不算高，留着一头黑长直发，笔挺的鼻梁上一副无框眼镜更把她突显得一板一眼。康老师做事情很认真，是我小学里最负责的老师之一，她的要求也自然严格些，她常对我们说：“你们不仅要背会自己的台词，还要把整个剧本所有演员的台词都记下来，这样即使一个演员因为突发情况临时离场，其他任何一个成员都可以去替补那个空缺的角色。作为一个合格的舞台剧演员应该具备处理突发事件的应急能力。”

至今我还记得我们练习的第一个剧本是一个叫作《把大象搬进蚂蚁窝》的儿童剧，虽说里面的台词都很通俗易懂，但是第一次见到十多页的剧本还真是让人有些发怵，更何况一个严厉的女老师还在背后施压，要求我们背诵全部台词，当时的我即便只是想一想这个不可能完成的任务，就不禁打了个寒颤。

后来排练的时候，我却逐渐发现康老师的要求并不过分，当一个剧本在很多人嘴里不停地大声重复到耳朵里都能起茧子的时候，就会发现其实每个角色下一句的台词早已烂熟于心，恨不得闭上眼睛就能在脑子里浮现出一个舞台，一个人精神分裂般地把整个剧脑补着排练一遍。

十年级Drama课

我在国外上十年级的第一节戏剧课是玩一些轻松简单的游戏，给我留下最深印象的叫作“集体数数”。集体数数的玩法是让所有人在舞台上找一片空地，用最放松的姿势躺下，还要合上双眼均匀呼吸做冥想状，这时老师就会一边提醒我们深呼吸一边给我们指示：“现在请你们从 1 数到 10，不按顺序一个一个说，但是如果两人同时说了一样的数字就要重来哦！”这游戏看似简单，做起来其实却并不容易，要么是一片安静，谁都不敢出声，生怕抢了别人的话，要么就会有两个着急说话的人抢着说了同一个数，这样就只好重来。而且每重来一次大家的心理压力就越大，反而更容易抢拍。

每到大家都急到肝火旺盛的时候，老师就会用平静的语气告诉大家：“别不耐烦嘛，演员是需要耐心的，你们要互相掌握好彼此的节奏，有条不紊地才能数到 10，谁都不要着急，慢慢感受数与数之间的空隙。安静的时候反而更能感受到紧张对不对？因为寂静也是制造戏剧张力的办法，越是安静，就越会焦急地猜测下一秒会发生什么，就像你们每个人在前一个人数完都会紧张地等待有没有下一个人开口，如果下一个人不开口那么自己要不要冒险开口？这就是我要你们在玩这个游戏的时候思考的问题，一切的表演都和演员之间的默契密不可分，这是在锻炼你们的默契度呢！”

十年级的戏剧课大多还是要锻炼我们的表演能力。比如说一人饰多角地给大家讲一个故事什么的，虽然这只不过是一个小小的课堂练习，可在表演之前我却异常紧张。这种作业有趣却耗时，我回家经过一个月搜肠刮肚，终于决定给大家讲《三国演义》里“空城计”的故事。

交作业那天也是我第一次看这么多外国同学表演。我环顾四周，惊喜地发现这些选戏剧课的学生颜值都不低啊，帅哥美女一大堆，还一个个都特别活泼开朗，表演起来也一定很大方自如吧。果不其然，他们展示的时候几乎每个人都是落落大方，而且极其会自high，时不时逗得大家爆笑全场，而且还什么都敢说，一点都不会让人看出怯场的感觉。

我上台的时候腿都不经意地在哆嗦，但却强装淡定地一会儿扮演诸葛亮空手弹古琴，还得哼哼出古琴的音调；一会儿扮演司马懿在城门下抚着想象出来的一缕长髯。终于展示完毕后，感觉一个重担一下子卸了下来，心里也轻快了许多。此次表演，对于初出茅庐的我而言，还是比较成功的。老师和同学都对我给予好评，只是当时冲着一群老外用英文演示三国真有挺大的违和感……后来发现“抓马”练多了非常有助于治疗并缓解我的“尴尬癌”症状。

校园剧的宝贵经历

不过我现在才发现，国内一个小小的校园剧却为我现在的戏剧课的表演奠定了扎实的基本功。我第一个参演的剧本叫作《动物法庭》，讲的大致是动物们在法庭上控诉人类破坏大自然并呼吁保护环境的故事。我演的是一只喜鹊，每个动物除了一小段独白以外几乎没有什么太多的台词，但是它对于当时的我来说却是巨大的挑战。

一开始我不太适应话剧的表演方式，因为所有的动作和表情都必须比平常夸张好几倍，这样才能确保后排的观众看得清楚，声音更是要清楚洪亮到仿佛在喊话。

这对于刚刚开始学习话剧的小学生而言都是陌生的，有时候觉得演戏的时候夸张得搞笑，夸张到手舞足蹈的时候甚至就会有一个人演着演着莫名其妙地“噗嗤”一声笑出来，然后大家也都跟着立刻出戏地哈哈大笑。这种笑像是一种气场，有一个女生给它取名叫“笑气”，只要有一个人带来了“笑气”，几乎所有人都忍不住并且没有任何原因地开始捧腹大笑，想停都停不下来——我相信在那个时候我们每个人的笑点都被瞬间降到了负数。

每到这个时候康老师都会一脸严肃地大声呵斥：“有什么可笑的！你们知不知道演员最忌讳的就是笑场？！”然后我们这些小朋友们就被吓得不敢作声。但可能是因为“笑气”还在教室里，大家既想笑又不敢笑的样子真是让人不忍直视，我总是低着头尽量不去看大家忍俊不禁时颤抖的身体，也不敢和好朋友对眼神，有时我还会暗暗使劲掐自己的手直到出现一道深深的指甲印，生怕一不小心就会又笑出声来挨训。

小学的校园剧团都是每周周一放学以后排练 1 小时，但是每逢艺术节，我们就进入集训状态，即便到了现在我还记得我们在寒假期间裹着厚厚的羽绒服挤在教室里一遍遍过台词排练的情景。那也是我第一次清楚地认识到，为了在演出当天展示出演员们最好的表现，排练多少次都不算多，怪不得有句话叫“台上一分钟，台下十年功”，说得太有道理啦。

后来排练得越多我们也就越不容易笑场了，而且几乎整个剧本里的所有台词也自然而然地印在了我们的脑子里。可是新的问题又来了，那就是因为我们听台词听得耳朵都要起茧子了，所有人都知道下一句谁会做什么说什么，反而越来越不容易调动出饱满的情感，听起来的语调像是死记硬背下来的诗朗诵，动作也僵硬得看起来十分做作。

康老师对我们这些才刚刚十岁出头的孩子也绝不放松，每次只要我们有一点儿感情不对，她都会立刻毫不客气地板着脸和我们说：“我不满意，重来。”不管我们已经练习了多少遍，只要她一脸失望地说“我不满意”这几个字，我们就要重新再演一遍。康老师为了帮我们找准语气，她还会一遍一遍地分别给我们做示范，直到她满意为止。

每次排练的必需品就是保温杯，大冬天的一上午练下来嗓子就快要冒烟了。到了快比赛的最后几天，康老师会不停地嘱咐我们多喝水、多穿衣服、不要乱吃东西、不要乱跑，生怕我们演出当天来不了。

她自己总是累出各种咽炎鼻炎加感冒，每次看到她一手捧着保温杯，一手拿着纸巾哑着嗓子用很重的鼻音一遍遍不厌其烦地给我们做示范时，我都会觉得心疼。然而我们能做的就是尽自己所能把自己的角色一遍演好，不需要她费心。

到了演出当天，大家都紧张起来，康老师却一次又一次地安慰我们，鼓励我们放松去演，一定没问题的。每到这个时候我都会感觉，无论平时她对我们多么凶，多么苛刻也都是为了我们好，只有平时对我们严厉要求才能让我们在演出当天展示出最好的自己。

每当我们准备读一个新剧本时，大家最在意的就是谁演主角。康老师却总是不断强调所有角色都同等重要，不要只看台词量，少了任何一个角色一个剧都不会完整。虽然当时我也很想演主角，但是因为自己当时入团时间比大多数同学短，即便是得到了主角却也只是喜鹊 B 角。

我第一次上大舞台表演是和校园剧团在天地剧场为我们小学的元旦晚会表演，可惜最后为一个 B 角练了那么多遍的台词却被校方以来不及换装的理由取消了喜鹊的角色，只能演一个老鼠。

这个老鼠在台上的时间不超过十秒，而且一句台词也没有，最可笑的是因为我比演老黄牛的演员个子高，在台下的观众看来，我简直是一只比牛还大的变异巨鼠。

虽说这不是我最想演的角色，但是能有机会和其他演员一起在后台紧张而兴奋地化妆、试服装的激动心情令我至今难忘。

后来我们参加的比赛越来越多，我也终于演到了 A 角，在各个学校参加的艺术节比赛也都取得了很好的成绩，但是无论我去哪里比赛或演出，我总能回忆起那天我们在天地剧场表演的情景。即便是身在异国他乡只能用英语演绎一个又一个西方的角色，每当脑子里浮现出表演当天北京寒冬腊月清晨时，十岁的我坐在车里的情形，嘴角都会不自觉地微微上扬。

那是一个寒冷冬天的清晨，为了提前做准备，老师要求演员们6点就要到达剧场。我的大脑一晚上一直处于亢奋状态，所以几乎都没怎么睡，一起来就格外地清醒，不用等爸妈叫就像弹簧一样地蹦出平日里每到早晨就依依惜别的被窝。

不知什么原因，出发的时候外面原本普普通通的冬日景象却像是印在了我年幼的脑子里：夜还很深，暖色的路灯一排排地站在瑟瑟寒风中努力散发出微弱的光亮。北京的冬风像是一把把锋利而干燥的小刀子一样刷刷地擦过我的面颊。我拉紧了帽子和围巾，试图把自己包得像一个粽子，直到我拉开车门探进车里，一股干燥的暖风瞬间烘遍了我的全身。为了避免在上台之前把自己蒸成一只热气腾腾的包子，我赶忙脱掉长长的羽绒服，又把帽子、围巾、手套那些零零碎碎统统又摘了下来。

车外的街道上几乎没有什么人，车子也是格外的少，这幅场景和平日里我印象中早晨的北京截然不同。趴在窗前看了没一会儿，车窗就被一层厚厚的水雾覆盖得严严实实，瞬间变成了一面毛玻璃。抬起手贴近窗户感受着薄薄的玻璃带来的冰冷温差，用力把车窗擦拭干净，夜色再一次清晰地步入我的视线。双眼毫无目的地盯着窗外的冬夜：橙色的细条路灯不断地在眼前一闪而过，车内的影子也随着光线的变化反复移动着方向，一次又一次，像是循环播放的影片。

此时此刻，紧张、兴奋、激动、害怕的情绪在我小小的心脏里五味杂陈，它们跟随着车内的影子不断更替、碰撞着。现在回想起来可能会惊异于自己曾经稚嫩到演一个不说话的老鼠都能如此不淡定，但那天百感交集的情绪却成为我所有关于校园剧团记忆中的一个闪光点。

因为自从那一刻起我突然明白——我已经爱上舞台了。

选课风波

无论如何，即使当时的装备简陋，即使我小学时在大舞台上表演的两次分别只是老鼠和旁白，我却在两次艺术节比赛时都演好了喜鹊的角色，和其他团员一起拿下了两次二等奖。校园剧团给小小的我带来的磨砺和成就感把我带上了戏剧启蒙的道路，如果没有校园剧的经历，我可能也就不会在出国后毅然决然地选择学习 Drama。

然而当初做出学习戏剧这门课的选择，也在我们家遭受了一些小争议。原因是所有的课只要选了就都会学得比较专业，我妈一方面担心用英语学习表演对我是个很大的挑战，一方面又担心万一我 IGCSE 考完之后要继续学 A Level 的戏剧，这样以后就可能把它当作我的专业。戏剧是她最不想让我学的专业之一，因为，在这行的确不容易找到很好的工作。我爸爸却认为，不管我选什么课只要我想清楚了都是我自己的选择，他只负责提建议却不干涉，况且他还觉得戏剧在所有艺术课中是最锻炼人的一门课，所以他还是很支持的，最后弄得我妈妈在只有一个人的战线很不爽。虽然有着对舞台的一腔热血，但是我一开始对戏剧课也不是特别有信心，毕竟曾经在校园剧都不算主力的我，以后要和那么多活泼外向得不得了的老外用英文拼表演，还是挺让人担心的。后来经过协商，我妈终于决定让我先选戏剧课，如果不喜欢的话就在一周之内换成物理课。

就这样，在经过小小的风波之后，我成了 Hillcrest 1965 年建校以来屈指可数的选择戏剧课的中国学生之一。虽然它是我一直以来最想学习的课，但十年级时每当看到下节课有戏剧我都会有些小紧张。因为不巧的是，这堂课里不仅没有平时和我混得很熟的小伙伴，而且每节课的内容要不就是玩一些互动率很高的游戏，要不就是表演展示。在课堂上和一群带有强烈文化差异的陌生人一起互动甚至表演，让刚刚熟悉环境的我觉得浑身不自在。就连做一些简单的游戏都会有些手足无措，每到有需要即兴表演的游戏就让我心里咯噔一下，让本人的“尴尬癌”频繁复发。

这种和校园剧团完全不同的训练形式，不禁让我感叹中西方教育文化的差异，我的这帮外国同学从小就无拘无束、没有很大的学业压力，活泼的性格让他们在舞台上明显要比中国的初中生更加放得开。而中国中学的戏剧活动虽然也有积极的参与者，但很多学生还是比较怕上台表演的，作业与考试对于当时的我也是很大的负担，所以会担心参与各种活动会耽误写作业的时间。

想到这里我突然感觉有点焦虑，正如我妈当时告诉我的，以后我可要用英语和这帮活蹦乱跳的老外拼表演啊！而且西方的表演方式明显要比东方的夸张，需要丰富的面部表情来吸引观众，我的脸虽说不是什么大饼子脸，但是在国内都绝不算是棱角分明的面孔，现在那些几乎每个都有着深眼窝高鼻梁的老外，他们做出的表情自然会比我的表情惹人注目许多……

要棱角分明?

对于长相不够棱角分明的事实，在小学的一次舞蹈团招生时就曾经给我留下了深刻印象。当时一年级的我坐在第二排不停地朝老师举手示意她选我，可是她每次都一脸慈祥地将目光从我身上反复扫过，然后又移到其他女生脸上。最后我们一半多的参选女生都被她选走了，而我却只能和其他没被选上的几个女生傻坐在操场上。七岁的我可一直是标准的好学生，身兼各种课代表，还是班里第一个两道杠就职的宣传委员，年幼好强而且自尊心过剩的我可从来没有受过这么大的打击。

一回家我就和妈妈哭诉这件事，妈妈却一边安慰我一边说："舞蹈演员嘛，肯定是选那些浓眉大眼的，长得棱角分明的啦，咱们虽然没选上，但在学习上未必比她们差呀……"这也是我第一次听说有一个四字词语叫作"棱角分明"，也第一次感觉自己不是浓眉大眼，长得也不是很漂亮，那么从小以来的表演梦算是没戏了。

然而这种因为不够棱角分明就演不好戏的担心在我十一年级的戏剧 IGCSE 模拟考试后渐渐消退了。模拟考的表演内容是一个 5 分钟的独白，在经过对角色和剧本背景的深度调查以及对自己声音和动作的精心研究之后，我竟然得到 A^+ 的表演成绩，并且与班里另外一个荷兰女生和英国女生成为独白表演的并列第一！即便由于和那个荷兰女生在理论试卷上的 1 分之差让我成了戏剧课的全班第二，但从校园剧的大老鼠到在 Drama "中考模拟"上能取得的好成绩，这样的进步也是一个值得让我很开心的鼓励了！

戏剧学习技巧

十年级的戏剧课和十一年级相比还不算太难，顶多就是玩玩游戏做做表演练习，当时的老师也把占总分数 40% 的理论部分说得很简单，他说只要我们上课认真听就行，理论只是把我们平时的表演练习体现在试卷上，很多人也是因为觉得戏剧简单才选这门课的。

到了十一年级才发现，IGCSE 的戏剧课绝对是所有课中最难的之一。表演占总分的60%，它分为三部分，分别是个人的 5 分钟独白、小组表演一个已出版的 15 分钟剧本和一个 15 分钟自编自导自演的剧。我们的老师也换了一个更加严厉的女老师，她不仅是我的英语和文学老师，还是学校的副校长，现在再加上教戏剧，简直都快忙成一只八爪鱼了。

在十一年级表演方面的练习让我学到了太多原来在校园剧里根本没有接触到的技巧，比如运用声音在音调、音色、停顿的变化是可以最有效地表现一个角色情感的方式。【怪不得我最爱的英国演员卷福（Benedict Cumberbatch）的演技精湛，因为除了准确生动的表情和犀利的眼神以外，很大一方面也是因为他原来当配音演员的经历让他对自己本就有磁性的声

音练就超强的掌控能力。】

老师还特意强调，演员在舞台上的一举一动都必须是有目的性的，比方说你要么就放心大胆有目标地迈开步子，要么就双脚在原地定住，不能说着说着台词就漫无目的地在两脚之间移动重心。最难的部分应该算是那个自编自导自演的剧了。剧本可不是随便写写的，要考虑到剧情给观众传达一个什么样的信息，而且每个角色的每一句话、每一个动作都是要有意图的，还需要和一组人合作完成，对团队的配合默契度也是有很高的要求。

理论占总分的40%，这也是戏剧课最没把握的部分。剑桥会在IGCSE考试前4个月发来一本prereleased material（提前发放资料），里面包括三个素材和一个剧本，试卷里的问题大致都是“如何在舞台上表演这个人物？”“怎样设计你根据素材自创剧的舞台？”……所有这些问题都要求细节答案，比如说“为了显示对物品的珍重，她会闭眼闻，双手捧着……”“为了显示他们的冲突，他会突然起身大声地喊，并用手指指点点……”，等等。这些在舞台上的表演细节都要被落实在笔头上并解释清楚，戏剧理论试卷是所有考试中用时最长的试卷之一，整整2.5小时充斥着各种大小论文，最后保准手被写抽筋。

我们今年的prereleased剧本是大卫·海格的

《Pressure》，内容是关于"二战"诺曼底登陆之前对天气预测的分歧，所以就要对军队的等级制有充分的了解，这样才能理解人物之间互动的关系与限制。很多同学在十年级选课的时候以为戏剧很简单就选了，结果一到十一年级发现恐怖的理论考试后就开始噼里啪啦地 drop（放弃）。我虽然早已有心理准备，但却真没想到理论能虐心到这种程度。哎，但转念一想，像我选的这种偏文科的课程，什么历史、商务、戏剧、文学、全球视野，哪个不虐心？哪个不得让我把手写废喽？（要我学理工倒也不是不可以，只是内心缺少对理工的那种执着和热爱，必定不会有长远的发展，即便文科再怎么烦，只要明白自己心中真正的目标是什么就不会轻易放弃。）

表演活动多种多样

即使不选戏剧作为主修的课程，我们学校也有好多表演的机会。去年当我还在十年级的时候，十二年级最后的 AS 的戏剧考试因为人员稀缺，需要另找其他年级的来搭戏，我自告奋勇地去试镜了一个卖鱼的，当我一手在腰间揽着一个装鱼的大盆出场的时候，我们的戏剧老师立刻笑着上前指出："亚洲人是可以这样卖鱼的，但非洲人一定要将鱼盆顶在头上呀……"

于是表演当天我只好在身上裹一块有非洲特色的马赛布，撸胳膊挽袖子头顶一个粉色塑料盆。因为角色需要我还得和另一个角色上演街头打嘴仗，弄得我朋友圈里有人说我的形象好似包租婆……

表演那天，虽然为了录制效果几乎没有几个观众，但我在后台还是相当紧张。这可是十二年级的AS考试啊，演出全程都是要录下来发到剑桥去打分的，万一我要是稍微卡壳儿那就得重新再演一遍，这样的话，前面演员的那几大段台词可不就白说了？责任重大啊！为了忽略掉紧张到抖腿的心情，我学会了一招

为AS考试搭戏成为卖鱼婆

我在 IGCSE 戏剧课考试现场

叫作目中无人，一上台就得迅速找到卖鱼骂街的情绪，反正每次上台都是背水一战，必须无视台下的观众和录像机，放开了演才能调动最好的情绪专注在台词上，也只有这样才能把我的注意力从紧张的心情上转移开。

这个学校和我在中国的学校在对待表演的态度方面也是大有不同。在中国无论什么时候学业都是第一位，但在这里就不一样了，为了准备演出，学校甚至会允许所有参演的话剧团、合唱团集体停课几天，全部去大厅排练。

给戏剧考试搭戏的机会还是相对少有的，最频繁的是我们学校会在每年的最后一学期组织一个大型音乐剧。去年的《Grease Lightning》真是把我给镇住了，首先给我留下深刻印象的是舞台布置，道具不仅限于舞台上，为了和观众有更多的互动，部分观众席也是他们表演的场地，观看过程中需要一会儿看向舞台上，一会儿扭头看向大厅最末端，有时演员甚至干脆就在你旁边的桌子上表演，中场休息时还有一堆穿着轮滑和戏服的女生满屋子漂移地给观众提供薯条

为了音乐剧勇敢“献身”

和番茄酱。

两场下来两个多小时，里面的学生不仅表演大方，而且唱唱跳跳无缝衔接。最吸引我的道具是主角开的那辆车，这车比小跑车小几号而且还得有人推着跑，但完全不妨碍五六个男生站在上面又唱又跳。有个开关还可以控制小车发出亮亮的灯光，能在一个中学的舞台上见到这种道具已经是超级炫酷了。最令我惊讶的是，这辆外观精美并且材质又好的小车竟然是我们学校 DT（Design and Technology，木工）课的学生和老师一起做的！没错！就是专门为了这个剧大家连锯木头带组装喷漆一气呵成，不愧是自力更生出正果啊！

圣诞音乐会也是我们学校的亮点之一，里面基本全部是唱歌和乐器表演。这种演出都是买票之后可以随便请朋友和家人来观看的，学生都是在音乐上才华横溢，要不就是有磁性的声线，要不就是精通西洋乐器。只是每次我爸妈都特别不理解为什么圣诞这么欢乐的节日我们学校演出的主色却全部是红、黑、白，而且演员几乎一律穿黑色，演唱的曲目也都是缓慢悠长，而且全程无报幕，就是一个节目跟着一个节目地上。要是和中国传统热热闹闹的新年比起来……嗯，就不是那么……喜庆了。

圣诞音乐会弹唱

演员的机会与责任

要说 Drama 集训也肯定是有的，因为种种原因，我们戏剧课的进度在临近 IGCSE 考试前时还落了一大截。距离把所有演出录像发到剑桥只有一个月了，而我们却连剧本都没写出来，所以我们老师当机立断，让我们在复活节期间回学校集训一周，前三天还要求住在学校，为的就是要我们全神贯注地高效加班。

随着 IGCSE 考试的临近，我也会马上步入高年级申请大学的新一轮战斗中。虽然我在戏剧上还需要不断提高和接受指导，但是在这两年里，戏剧课让我明显地感觉自己变得更加自信；在面临新的挑战时想到的不是怎么逃避而是如何更好地尽全力面对。学习戏剧也让我在读剧本，看电影、电视剧或舞台剧的时候比原来更能体会并理解每个角色的感情和动机；对于制造戏剧张力的手法也更加娴熟。

以前我只知道喜欢表演的感觉，而不知道到底是为了什么，现在我也给了自己找到了答案。有人说：“人生就像一场戏，一切全都靠演技。”仔细想想也正是如此。我们每个人都扮演着生活中不同的角色：在学校我们的角色是学生；在家里我们的角色是儿女；等我们成家立业后扮演的角色就又会多起来。我深知一个人在生活中能扮演的角色是有限的，但是在扮演

学生组织、导演、排练，并演出的 An Inspector Calls （探长来访）的谢幕合影

演员这个角色的时候，成千上万不同的角色都展示在你面前，在那短短的时间里，你可以是救死扶伤的外科医生，可以是古代的君王，可以是久经沙场的军人，甚至可以是疯狂的精神病人……这些角色各自代表着无数不同的人生，他们可能是你在现实生活中向往却永远无法接触到的职业，他们可能有着你所羡慕却难以拥有的勇气，他们有着源于生活却高于生活的故事。当你去理解、去体会这些故事和角色的时候，你会突然发现，你体会的不仅仅是自己的生活。当你用情感和声音表演着不同角色的时候，同时还承载着各个群体的生命价值。

成为一名优秀的演员是一份难能可贵的机会，同时也肩负着一份至高无上的责任。

Games：业余体育课以及我的泪点

生无可恋的游泳课

Games 课是所有人都必须参与的，相当于国内的体育课。但是又不是 PE，PE 是针对体育方面感兴趣的人开设的专业课。PE 不仅在最后考试的时候要有体能测验，还要求掌握在理论课上学习肌肉与骨骼在运动时候的体育知识（有点像生物），这些内容都要进入十一年级“中考”IGCSE 的考试中。

Games 每学期都有不一样的项目。我们女生第一学期有棒球（Rounders）和篮球（Basketball）；第二学期是曲棍球（Hockey）、足球（Football）和游泳（Swimming）；第三学期是女士篮球（Netball）。这种正儿八经的球类运动，原来我可一个也没学过，所以基本在十年级的时候都属于照猫画虎跟着大家满场地跑来跑去。

其他项目累就累点儿，可当我刚刚上完我们第一节游泳课的时候，我只能用“生无可恋”这四个大字来形容我当时的状态。那堂 70 分钟的游泳课完全改变了我对“游泳课”的“三观”：真是吓死宝宝了！现在好怀念北京一七一中学的游泳课啊，和这里对比起来简直就纯属玩水。

现在，就让我细细道来，这节课到底是怎么把我弄得整个人都不好到生无可恋的地步的。

首先，教练催促我们用两分钟的时间迅速换好泳衣。从更衣室出来后，我就来到阳光明媚的室外游泳池旁。我发誓我当时绝对看到太阳公公在对我笑，而且还是一种毒辣的狂笑……

出来后等我定睛一看，这帮女生除了我以外几乎

年度游泳比赛

没有一个戴泳镜的！像我这种摘了泳镜就在水里变得全盲的人真不知道她们要怎么游。接下来，直接跳过热身环节：大家一出来就在起始点站好，老师一吹哨，所有人都在我的注视下很专业地用比赛姿势扎入泳池。天哪！咱们别搞这么正式好不好？！我只能在一脸蒙圈地犹豫了一秒后很不专业地捏着鼻子直直地蹦了进去。当我从水中挣扎着抬起头时，只见她们全部整整齐齐地把我超出去了三米，并且我完全跟不上她们那速度，被越超越远。

就这么游了好几个来回之后，教练让我们贴着游泳池的长边站成一排，要大家必须用自由泳的姿势游到另一边。这距离倒是不长，但问题是我完全不会自由泳啊！那就只好瞎扑腾了。我一边扑腾一边在想：自由泳这种泳姿应该不会每个人都会吧，我应该不是唯一一个不会游的吧？但当我再一抬头，猛地发现那些人全都特别熟练地用标准姿势迅速游了过去，最后只有我一个人在旁边费劲地继续扑腾。等我好不容易扑腾到了另一端，在呼哧带喘地捯气儿的时候（温馨提示：这里海拔 1800 米，我和这些从小在这狂野非洲跑跑跳跳的同学真没法比），还没等我喘够 5 秒，教练的哨声就又响起了。就这么来来回回了七八次，她们虽然嘴上说累，但竟然没有一个喘的，而且腿上打水的力气也丝毫没有减，我也就很自然地成了每次抵达彼岸的最后一个。还好我这个人心理素质还可以，本来不会就是不会，也没觉得不好意思，而且这些女同学不仅没一个人嘲笑我，还有一个女生很热心地来教我。虽然教得并没有什么用（游泳对我而言哪是几秒钟就能学会的？），不过的确令人十分感动，我心里顿时暖暖的。

刚刚扑腾完这累死人的自由泳，教练又开始让我们扶着泳池沿儿用腿打水，只要他一吹哨就……就……就在水里原地翻个跟头！这哪是游泳课啊？简直是水上杂技！而且那些女生竟然全部都会！我就只能跟着做做样子，这些动作都是看着简单，但哪是随随便便就能立刻学会的？这样做了几组后，教练让大家沿着短边继续自由泳到另一边，然后在碰到边的时候翻个跟头，顺势仰泳回来，然后后翻过身继续自由游泳……

可以说以上这一系列的动作，我没有一个会做的——那就只能继续扑腾了。可没想到这个教练竟然还要求大家一个人一个人来游！轮到我时，教练看我没翻跟头还冲我提醒了一句，可我哪还有力气管那么多，人都要累死了还在乎什么尴尬不尴尬的？我直接忽视掉他的话，转头就用蛙泳游回去了……其实，到了现在这个地步，我感觉自己连蛙泳都游得像狗刨了。

在反反复复进行几次这样的运动后，大家开始陆陆续续地上岸。我当时还满心庆幸地认为这节课终于结束了，但我的想法真是 too young too naive。我上岸后已经完全累成狗——而且还是一只落汤狗，但是等待我的却又是压死骆驼的最后一根稻草。刚刚教我游泳的那个女生一脸轻松转过头很自信地和我说："Selena，let' s jump." 然后我的眼睛就下意识地瞟向了那个被我忽略一整节课的、一个屹立在深水区旁边的 2 ~ 3 米高的——跳水台。呵呵，瞬间让我有一种自己好不容易历经千难万险终于打败最厉害的大 boss，却发现它

草坪休息

只不过是一个假 boss 的感觉……可能我当时自己脑子进水得都已经来不及感到害怕了，跟着她们就两眼发直视死如归地飘了过去。

前面带头的女生没有一丝犹豫和紧张，很自然地迈上台阶，来到跳台前，她那坦然自若好似希腊女神般的神态和姿势简直让我怀疑，她到底知不知道自己正站在一个叫作“跳台”的东西上，好像在她下面的不是 3 米高的空气再加上 3 米深的水，而仅仅是宫殿中拖着长裙的贵妇们需要迈下的最后一个小小台阶。那脸上的表情更淡定到像是在蕙兰瑜伽里刚刚打完坐似的。毫无悬念，一个接一个地，她们相继潇洒落水。

我后面其实也有好几个女生是不敢上去的，当时我也不知道自己是怎么想的（可能是脑子里的水养了不少鱼），竟然视死如归般地主动走上了跳台的台阶，然后瞬间感觉自己很佩服狼牙山五壮士——这么点高度我的腿还抖……

眺望内罗毕蓝蓝的天，白白的云，我瞬间有一种一览众山小的感觉。但只要一低头看下面的深水区，我就眼晕得差点一个趔趄大头朝下栽下去。但既然都已经上来了，下面的女生又在为我加油打气，还有什么不跳的理由吗？说来也奇怪，我当时怕成那个样子，脑子中竟然鬼使神差地没有想过一丝一毫要放弃——可能当时心中壮烈得有种“早死早超生”的想法。我在上面深呼吸，紧张了好几秒。哎，我在国外有时候就特别能注意到自己是中国人，感觉有种代表中国的使命感，毕竟我是这里唯一一个中国人，前面都表现得那么……那么那什么了，总不能在最后连跳都不敢跳吧，咱不能给祖国丢脸对不？虽然当时再怎么怕，也是知道跳下去不会有什么事，但过程的确够吓人的。

我捏着鼻子一脚就踏出了跳板……

犹如跳了诛仙台……

在下落的那两三秒让我感觉时间像电影慢镜头特

我在国际日文化节表演汉服舞

效般被无限地拉长……

身体失重的生理反应让我无论如何也在落水时控制不住地呛了好几口水，然后我又胡乱地挣扎着狗刨出了水面，分外狼狈地扑腾向岸边：嗯，我当时已经完全忘了怎么游泳了。当有个女生游过来递给我泳帽时，我才意识到水把我的泳帽泳镜都冲掉了——真是有种丢盔卸甲的感觉。

来到更衣室里，我已经一点力气都没有了。这不是游泳后的那种累，而是像真人秀里蹦极般惊魂未定

在国际日文化节和两位中国小伙伴合作表演木兰扇子舞

国际日文化节活泼的南非舞

的感觉。最令我头痛的是，我发现我的腿被晒得像是穿了一条棕色丝袜一样。我的脸只有泳镜覆盖着的那一圈颜色浅——像一只盗版熊猫——我整个人都是崩溃的。

然后作为处女座的我竟然连新衣服都没换，穿着运动服就出去了。你们能想象我这是失魂落魄到了什么样的一个境界吗？没错，是生无可恋的境界。当时就连穿衬衫这么简单的动作，对于我来说都像跑一场马拉松。用精疲力竭这四个字来描述我当时的状态都嫌不够。

哦，对了，还要加上神情恍惚。

因为我都不知道是怎么把自己擦干、规整好东西，然后走出校门的。

不过不得不说，这真是一个特别的经历，就像我上面说的，简直可以拍真人秀了。以后明星拍真人秀还是安排他们到外国的中学让他们和这些学生们上一节游泳课吧，绝对够戏剧化。

一起来涂泥

下面要说说我们的其他体育活动。

我们学校的操场不是像中国的那种有着红色橡胶跑道的标准操场，它是一大块草坪，在这种很天然的草坪上跑步比在橡胶跑道上要困难一些。虽然表面看起来是很平整的一块草地，但是真正在上面跑起来才发现一定要注意脚下，有时深一脚浅一脚地很容易崴脚摔倒。草坪的颜色会根据天气的变化一会儿变黄一会儿变绿，雨季时尤为难跑，好几处都变成一片片湿乎乎的泥毯子。旱季也不怎么样，一堆干草一踩就断，而且硬硬的草渣还会在跑步的时候顺着脚腕儿钻进鞋里，别提有多扎了。

即便当草坪变成泥毯子，我们的 Games 课也照上不误。然而这些球类运动都是需要我们在草坪上大范围移动的。就拿曲棍球来说，偏偏在两个球门的正前方有两片小泥潭，你想不弄上泥都不行。说到这里本人有些惭愧，身为处女座的小编的确有点洁癖，所以不到关键时刻我还是尽量避免踏入那个泥潭，可是其他女生真的是打起球来就不管不顾啦！我亲眼看见好几个女生就为了抢一个球，那可是毫不犹豫地直接往泥里冲啊！她们好像都不怕脏似的，一个个尖叫着去抢球然后又一个个接二连三地滑倒在泥里。所以Games下课后，一整下午她们就带着一条条泥印的长腿在学校里晃悠……

一开始，我以为把泥从鞋子一直涂到大腿上就已经算是打球很拼了，后来证明我真是又一次too young

挪威学生在国际日文化节表演吹小号

too naive。男生的拼劲儿真是刷新了我对一个普通的中学生应有的运动精神的看法。他们在第三学期练习橄榄球，而第三学期又正逢小雨季。于是，就出现了以下场景："Hey Selena!"一个男生在路过我身边的时候朝我打了个招呼，我向他微笑了一下……然后这笑容就差点像水泥一样凝固在我脸上……我努力稳住有些抽动的面部肌肉，将视线从他的头一直扫描到他的脚——这不就是小时候唱的"泥娃娃"吗？他全身上下可以说几乎没有一个不沾泥的地方。也许是我的目光太过夸张，就在我目瞪口呆得差点定格在原地的时候，那个男生在我的注目礼下尴尬地退场了。

之后发现好多男生都是那副模样，当时我还百思不得其解，到底是什么样的打球方式才能把他们弄成那副模样啊！这泥涂得也太……太彻底点儿了。当我看过他们打比赛的视频后，就一点儿也不惊讶会出现那样的结果了：他们为了抢球就在湿乎乎的草坪上狂奔。那可真叫狂奔，大家记住是狂奔！重要的事情说三遍！在谁撞了谁一下之后就相继摔倒，因为惯性太大，能让一个人在草上足足翻滚三四圈才停下……真是全方位涂泥。

在集会的时候，大屏幕上一边放着橄榄球激烈比赛的视频，一边配着振奋人心的歌，在看到他们手举奖杯激动的表情时，我被感动得眼泪都差点飙出来。

我的泪点

我的泪点总是时不时地被这种很有激情和正能量的场面激发。

还记得，在我十年级时有一次学校召集各国籍的学生组织文化节，我们中国队虽然在最后的正式表演阶段中配合得默契了好多，一起完成了一场惊艳全场的演出。但是因为在初始的准备阶段有些不积极，所以排练当天唱完中国国歌后现场就只剩下我一个中国人了。我只能孤零零地看着其他国家的学生都穿好民族服装坐在一起，等着老师随时调整节目顺序。我承认，他们的节目没有太多复杂的技术含量，比如肯尼亚的集体舞基本就是一群人凑在一起扭一扭就行了。

但重点是，他们能凑在一起啊！

这一点对于当时的我而言就足够了，这样至少中国队表现得是一个团体啊！

我在默默地看完几个非洲国家热情洋溢的节目后就偷偷溜走了。

我可以自豪地说：中国的国力比当时表演的任何一个国家的国力都强……可重要的是，那些国家的学生当时都能够聚在一起！而我所代表的中国队就只有我一个人坐着。这一切在我心中瞬间形成了鲜明的对

国际日文化节布隆迪学姐表演舞蹈

比，我多想也和一群中国学生坐成一堆并且热闹地评论其他国家的表演。仅仅这个想法在当时的情景下就让我鼻子一酸。

我不知道你们有没有过这样的感觉，反正每当我身处异国，这种爱国情怀就开始翻倍猛增。又比如，中国人自己抱怨中国几句我不会太在意，但每当听到外国人在谈论的时候一提到China，我就感觉像是在叫我的名字似的条件反射。如果一说中国哪哪儿不好，我就瞬间变得义愤填膺起来，恨不得冲过去和他们理

肯尼亚舞充满能量

论几句。即便有些时候这些外国人说得还算在理，我心里也还会有点儿不舒服，正是这种情感导致我在国外就不可避免地在日常生活中把中国和其他国家做一下比较。

那天在排练的时候，我有足够的自信心和自己说中国的国力比他们都强，可痛心的是我竟然没有任何底气对自己说，我们的民族自豪感比他们强。

他们的民族自豪感和热情把我深深地打动了，但是这个突兀的事实就像一块石头一样重重地压在我的心上，我也说不清到底是什么样的情绪，它们五味杂

和两位孔子学院老师在文化节当天合影

陈地混在一起，让我感觉如果再一个人坐在那里多看一分钟他们排练时开心自豪的笑，我就真的要流出泪来了。

有那么一秒，我甚至觉得作为中国学生中唯一一个组织者，自己已经没有任何力气把中国的节目继续张罗下去了。当时自己一丝一毫的情绪变化都被感知得清清楚楚，心中一个不知道叫什么的位置突然变得那么脆弱，脆弱得让我害怕，让我伤心，甚至让我愤怒。

组织一个活动确实很累，但是我不怕累、不怕麻烦，就怕在我忙得团团转的时候没有人在后面积极地支持我，哪怕就一个人也好啊！

他们都是和我年龄相仿的学生，没有人天天教导他们“集体的利益高于一切”，没有人要求他们在每周周一都要举行升旗仪式……可在排练的时候，他们的国歌声却是那么响亮，每个人自觉地把手放在心脏的位置，唱国歌时那脸上的笑是那么自然，那么自信。

他们都在无声地呐喊着：“我爱我的国家！我为我的国家而自豪！我为身为我们国家的一员而无比骄傲！”

不过我还是相信，在不久的将来，每位中国留学生也会一样，在展示自己国家时有着无比自豪的笑容！

恐怖就在身边，心存信念，祈祷和平

Let it go, but don’t forget.

其实每当我看到这篇文章的题目时都不禁感到很痛心。

恐怖袭击这个词大家在当今社会肯定不会感到陌生。它会时不时地出现在各大报刊的头版头条；它会被满脸沉重的新闻主持人在一次又一次的热门新闻里播报；它会在我们点开 QQ 时突然出现在腾讯新闻的头版头条中；它会出现在新浪微博的热搜里……这个词汇联系着太多的血腥、恐慌和惨无人性的行为。

在中国的时候，我们听到的大多是发生在国外的恐怖事件，美国“9·11 事件”是我第一个稍有了解的恐怖袭击事件。那时候我还小，只知道炸掉两座大楼是个很暴力、很不好的事，但并不能深深体会到其中巨大的悲凄与愤怒。

我 9 岁的时候，有幸第一次踏入纽约这个世界大都市，站在人流涌动的第五大道上，看着各种用霓虹灯排列组合成的巨型广告牌，它们在夜间把市中心照得亮如白昼；它们闪烁着向世界宣告这里是国际强国；它们点亮了一个又一个来自不同大陆的路人的脸庞。这是一个充斥着快节奏的城市，每个人都好像是动脉血管里那一粒粒数不清的红细胞，无论何时都在尽全力飞速奔跑，每个人都觉得如果自己慢下来，整个世界都将停止运转，他们在一座又一座高楼大厦的俯视下传导着彼此的压力而迅速前行，让整座灯火辉煌的城市一天又一天 24 小时不停地飞速运转。

目睹着眼前此情此景的我很难想象，2001 年 9 月

美国世贸大厦被恐袭当天

11 日纽约市中心的样子。

9 岁的我与那次恐怖袭击的时间相离 8 年，如今的纽约已经很难找到恐怖事件残存的影子。但当我来到“9·11”纪念馆时，我年幼的心里深深受到了震撼，因为我知道，无论过去多少年，即便时间可以让伤口愈合，却总也去不掉那一条条伤痕。

两座世贸大厦正在重建，它们的残骸还保留在旁边，两个巨型正方形的地基静静地平躺在那里。周围墙上挂着的是当时令全世界都触目惊心的一幕幕惨剧，一张张照片让 2001 年 9 月 11 日美国纽约的一切历历在目。无数的人被迫接受着无情的别离，世贸大厦里有事业刚刚起步的年轻人，有身经百战的老员工，有恩爱的情侣，有新婚夫妇，还有那么多孩子的父母……每张照片中都强烈地充斥着无尽的悲痛。我不敢想象当时的他们是怎么面对这一切，是怎么祈祷着让岁月的流逝抚慰那伤痕累累的心。但是，不管受到怎样的震撼，这一切还是距离我当时的生活太遥远了，感叹过一番后我也为此做不了什么。

直到我来到这里，来到肯尼亚，我才知道恐怖离我们并不遥远。刚刚准备来的时候，我爸爸已经到达了内罗毕，他在电话那一头很轻松地和我说：“这里什么都挺好的——就是有恐怖袭击……”我当时就立刻石化——这叫什么都挺好的？就光凭这一项就什么都不好嘛！

前几年的几个恐袭事件让肯尼亚的旅游业受到了很大的影响，让肯尼亚的危险系数名声在外，但是却并没有给我周围的朋友造成什么特殊的记忆。当我真正来到这片土地开始生活时，我才知道：只要自己平时注意一下，比如尽量坐车出行，不在太晚出去，不要去人太多的地方……只要做到这几点基本就没什么问题了。（剩下就只能认命了……马航飞机消失这种事让人也真心没法注意安全……）

直到有一天，早间新闻报道：在Junction商场旁边，一个白人被歹徒枪杀。Junction商场就在离我家不远的地方，平时周末我们也会去那里买东西看电影。过了几天，我意外地得知那个被杀的白人就是我一个很好的中国朋友娜娜的外教。我不敢想象这种恐怖的事情就发生在我们的身边，随时随地都会影响着每个人。娜娜在那几天情绪一直都很低落，我给她发微信也不怎么回，直到我在一个月后再次见到她，她才把事情的整个经过和我聊了起来。

那个白人外教Cameron是个特别热情开朗的美国人，他在每周六都会教外国人英语，而我这个朋友就在他的班里。在他去世的前一天娜娜还碰见他了，当时是个周五，Cameron还笑着和她打招呼，说明天见——谁知道那将成为他和娜娜说的最后一句话。

事发第二天，娜娜还毫不知情地在Junction商场里面吃饭。这时候突然有个和她一起上外教课的西班牙同学给她打电话："Cameron不在了……他是被枪杀的，他……"接下来的话，全部夹杂着哽咽的抽泣……娜娜当场就蒙了，她的大脑告诉她刚刚得到的消息不会有假，眼泪不知不觉就流了下来，但是她的心让她不能相信、也不敢相信发生的一切都是无法改变的事实。娜娜接下来做的第一件事就是立刻给Cameron打电话，电话接通后她几乎屏住了呼吸，她现在最想听到的就是Cameron那活泼的美式英语，她要他亲口告诉她没有事，告诉她他其实还活着，告诉她刚刚的电话只不过是一个恶作剧……

然而毫无悬念的——电话那一边传来的并不是Cameron的声音——而那个声音只是重复着刚刚的噩耗……

后来娜娜去了一个很不起眼的小医院参加了Cameron的遗体告别。她在推开那房间门的一刹那后，眼泪一下不由得又滑下脸颊：Cameron被放在一个冰冷的金属台上，白布只盖到脖子处，只有头部露在外面。他的脸惨白得像是用纸做的，头部中枪的位置有一抹扎眼刺心的暗红。他的眼睛半闭着，从缝隙中还能看见他湛蓝的眼睛，它们好似还有视觉一样空洞地望着房间里一个缥缈的地方。Cameron周围，他以前的亲朋好友围在旁边默默抽泣着，整个房间里充斥着无法排解的悲伤。

"Cameron 不在了。" 这句略带哽咽的话语久久地回响在娜娜耳畔。那么一切都是真的了。一个前几天还活蹦乱跳地和她说笑的青年，现在就这么毫无生机地躺在一个和他身体一样冰冷的金属架上。他才 25 岁，为了追求自己的理想来到非洲教学，在街上为了阻止歹徒抢劫他的女朋友而出面阻挡。他的生命还没有到本应有的三分之一那么长……

在接下来的好几个晚上，娜娜必须开着灯和电视机，而且只能勉强睡两三个小时，Cameron 那张充满死寂的脸和僵硬的身躯不断浮现在她脑海中。

又过了几天，娜娜被邀请去参加了 Cameron 的葬礼。娜娜和他差不多大，这也是她长这么大第一次参加葬礼。葬礼在一个教堂里举行，牧师带领着大家唱完圣歌，然后去棺材上献花，这也是让大家见 Cameron 最后一面。

娜娜徘徊了好久才最终掐着自己的手决定去再看他最后一眼，她捧着鲜花来到棺材旁，把鲜花轻轻放在上面，然后她透过玻璃又一次见到这张熟悉而陌生的脸：Cameron 身着整齐的西服，他的脸已经被一层层的殡仪妆涂得有些不太自然，就像一尊蜡像躺在里面。娜娜在看了他几秒后转身随着其他亲友们离开了。

接下来的习俗是 Cameron 的母亲把亲友们带到他家，并让每人从 Cameron 的房间里带走一件东西留作纪念。娜娜却没有参加这个活动，她觉得人既然已经走了，就没有必要用一件东西一直提醒自己曾经历的离别与伤痛。

在从葬礼回家的路上娜娜一直迷迷糊糊的，就连接朋友的事情被取消了都记不清了，直到车开到朋友家楼下才想起，那个朋友已经自己开车走了。等她好不容易又坐车回到宿舍，里面两个不知情的室友立刻围了上来，大呼小叫地喊：“哎呀，你怎么才来？饭都要凉了噢！”娜娜坐在满桌子香喷喷的菜旁边，抬头正看到室友们在嘻嘻哈哈地说笑着。

“这才是我真正的生活吧！”她自言自语道。

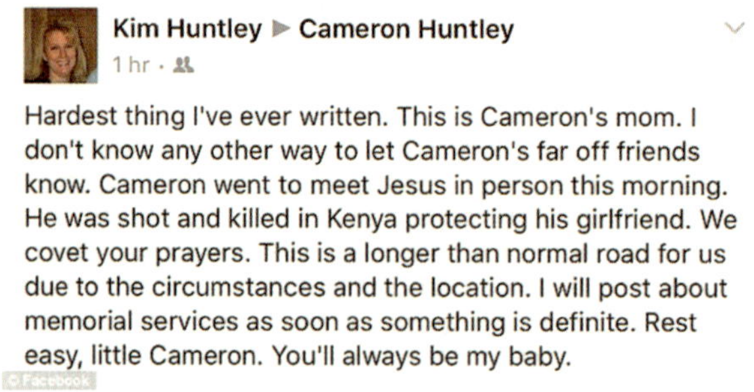
Kim Huntley ▶ **Cameron Huntley**
1 hr ·

Hardest thing I've ever written. This is Cameron's mom. I don't know any other way to let Cameron's far off friends know. Cameron went to meet Jesus in person this morning. He was shot and killed in Kenya protecting his girlfriend. We covet your prayers. This is a longer than normal road for us due to the circumstances and the location. I will post about memorial services as soon as something is definite. Rest easy, little Cameron. You'll always be my baby.

© Facebook

Cameron 的母亲在 Facebook 上发表留言悼念 Cameron

如果总是把离别挂在嘴边，那伤痛就永远不会过去。

这一天晚上娜娜竟然睡得出奇地好，一觉睡了九个小时。

“他去了一个更好的地方。”娜娜微微笑着看着我说，眼睛里似乎还闪着一层薄薄的水雾。“其实我原来也根本不相信有人说‘死之后会去更好的地方’，我总是觉得那根本是伤心的人自我安慰的咒语而已，只有留在人世陪在我们身边才应该是最好的对吧？但经历了这件事之后我知道人去世后肯定是去了一个最好的地方，在世的人只能学着说‘let it go…but don’t forget…’”

后来有一次在学校的一堂课上，大家突然讨论起了 2013 年发生在内罗毕一个著名商场 West Gate 里的枪击案。中国大使馆的人以前基本在每周六都会去那里买东西或吃饭，但是因为事发当天大家都去准备国庆招待会了，所以没有人去 West Gate，那起恐袭却正好发生在当天的中午。

因为我周围的人并没有受到直接伤害，所以现在也就很少有人谈起。但是那天我听到同学说起这件事，突然发现原来这么恐怖的事情离我们却是这么近。那个商场以前也是很多白人周末的必去之地，当年我们有的同学家长在去那里的中途就收到了警示短信，原来在这里上学的一个高年级学姐的母亲在恐袭中不幸遇难了。

虽然我不认识她，但同学们说那时候学姐刚刚从学校组织的一次出游中回来，她的爸爸在来学校接她的时候就告诉了她这个噩耗。我听到这里的时候很震惊，突然意识到原来极端组织给我们带来的伤害这么近，这么深。同学们都很难想象那个学姐在此之后要如何缓解这样的痛苦。大家聊完后心情都很沉重。有人还给我推荐了一个视频，那是事发当时商场里监控录下来的那一幕幕惨烈的景象：当时极端分子先把商场外面的两辆车引爆，人群在听到外面的爆炸声后自然就会往室内跑，然后他们再拿着枪冲进去进行恐袭活动；肆意地扫射开始后，满楼立刻枪声四起，游客们则落荒而逃，这个场景让我隔着屏幕都看得毛骨悚然。事发后我们学校很多同学都去为当时受害的伤者献血。

其实自从我写了这篇关于恐袭的文章后，就会发现珍惜当下是多么重要，我们每个人的一生中都在不断失去身边的人，只是他们离开的顺序不同罢了。还记得我很小的时候，当我第一次知道死亡是什么的时候就跑去问爸爸："你们也会死吗？"他当时很耐心地告诉我，每个人都有去世的时候，等他们老了也会离开这个世界，这是一个自然现象。五岁的我听到这里就立刻哇得一声哭了出来，后来他们每次和我心平气和地解释人的生老病死是很正常的时候，我都会立刻打断他们，还不停地告诉他们以后再也不要说死不死的话，我要他们永远活着，永远不老，永远不要离开我。

原来每当我说这些话的时候都忍不住流泪，即便现在写下来这些文字也会感觉鼻子酸酸的。儿时的我害怕父母变老，是害怕他们离我而去，然而在听说了那么多世间意外的不幸之后我却不怎么担心他们变老了。因为我越来越觉得，能够看着自己的父母健健康康的，然后慢慢变老，然后颐养天年，是一件多么幸福、多么宝贵的事情。在这个充满意外的世界里，最起码我们有幸看着曾经抚养我们的人变老，还有幸在他们需要我们的时候去照顾他们。

毕竟不是所有人都能体验到这样的幸福。

最近，在世界各地又接连发生好几件让人心痛的事：年仅 22 岁的美国好声音第六季季军 Christina Grimmie 在演唱会结束后被一名男子冲上去用三枪射杀；美国佛罗里达奥兰多发生了两场致命的枪击案……

那天，当我回到家突然听说 Christina Grimmie 在演唱会被枪杀后超级震惊，根本不敢相信这个事实。我在她上美国好声音之前就喜欢听她的翻唱，后来她在好声音盲选里唱的那首 *Wrecking Ball* 惊艳极了，成功得到了四转。在后来的赛事中我去网上搜她参与的那几场，在决赛后我还为她只得了第三名而感到不平——在我心中她的唱功完全可以拿下第一。参赛时她才 16 岁，她的音乐事业才刚起步，她还没来得及出很多原创专辑，她还没有开很多演唱会……她还没有来得及做很多事，她要是现在还在的话，肯定会发展得越来越棒。而现在她的粉丝们再也没有机会看着她继续一点点进步成长，没有机会目睹她在不久的将来变成那个最好的自己。

我听过她的新专辑 Side A，全部的原创都比原来进步了很多，无论是歌词还是作曲。她才 22 岁就离开了我们，本应有着无限的活力享受着天赋带给她的无限可能。现在每当人们翻到她的 Youtube 个人主页时却再也看不到她新发布的翻唱，背景墙上也已经被放上她的正式头像并在最下面写着一行小字：1994—2016。

接下来的另外一件大型枪击案大家也绝对听说过——奥兰多的同性恋酒吧遭遇恐袭，50 人遇难。这场作为美国近代史上 30 年以来最严重的枪击案震惊了全世界。又是一次又一次的永别，相爱的恋人永远失去彼此；父母永远失去自己心爱的孩子……难道也要让他们 let it go， but don' t forget 吗？这种悲剧的一次次发生都是对人性的考验—— "I see human， but no

Christina Grimmie

humanity.”（我看到的只是人类，而不是人性。）如果人类作为同一物种却为了自己所谓的“信仰”而大肆杀戮，那么总有一天我们的人类文明将会在自己的手中毁于一旦。

奥兰多里有着全世界最大的迪斯尼主题公园，我在6年前也曾去那里感受过那充满奇迹梦幻般的世界，可是如今惨案却频频发生，有些虔诚的基督徒游客甚至会专门去奥兰多来为这座城市祈祷。恐怖袭击事件在最近几年发生的频率要比往年多几倍，世界各地不断发生着战乱，从奥兰多到伦敦，从伦敦到巴黎……网上给不同地区发祈福帖子的人络绎不绝，pray for…的帖子在不断变换着地区，无数的人失去性命；无数人失去自己所爱；无数记载着人类艺术文化的名胜古迹被无情摧毁……

恐怖袭击不仅仅发生在新闻里，他们离我们并不遥远……

每当一件又一件痛心的事发生后我们都要心存信念：

坚信这一切都会过去；

让我们一起祈祷和平。

马赛马拉之旅

2015年8月的一天，经过了6小时的长途车旅行后，我们终于从内罗毕市区顺利抵达马赛马拉国家保护区。

在最后的一个多小时车程里，没有任何水泥路，完全是被很多往来的车辆辗压出的土路。这一路上的各种颠簸虽说比我在内蒙古经历的相对好一些，但摇晃的程度也只是不会造成脑震荡而已。

我们的司机是当地人，在开土路时他习惯大开着驾驶座的两个车窗，然而我们前面却总有一辆大型货车在颤颤巍巍地行驶着，它巨大的车轮卷起的漫天尘土朝着我们的小面包车扑面而来。这货车倒是生动形象地亲自给我展示了一把什么叫作“一溜烟儿”地跑。然而坐在司机正后方的我却瞬间用4D效果体会到了什么叫作“乌烟瘴气”和“暴土扬长”。

快到达酒店那一段路的风景还是很有非洲草原特色的，时不时在草丛中可以看到几只羚羊和斑马。司机对此早已见怪不怪（这对他们来说根本算不上怪），但对于初到非洲大草原的我和妈妈而言，这的确是一件超级新鲜的事儿。妈妈在后座上兴奋地冲着我

马赛马拉斑马群

和我爸狂喊：“照！照！照！快照！快照啊！”

我爸当时听着她的语气，还以为她看到了身骑雄狮的范冰冰。

趁着我还没有被沙尘埋住，这辆灰头土脸的小吉普终于平安抵达了 Fairmont 酒店。我们刚一下车，门口的两名服务生就娴熟地从手中的托盘里用食品夹将几条发烫的湿毛巾递给了我们。刚刚经历了长途跋涉和黄沙洗礼的我们能马上用热毛巾擦脸，简直就是雪中送炭啊！这使我们对他们的服务赞不绝口。

走进一看，与其说这是个酒店，还不如说是个可

非洲象

以安营扎寨的大公园。这里的房间以“帐篷酒店”著称，从大路分出的每一支小路都通向一栋“帐篷”。“帐篷”外的环境超级贴近大自然，在树丛绿荫间，偶尔会窜出几只长尾猴调皮地吓你一跳。旁边还有一条小溪，里面有几只大河马在水里悠然地泡着澡：这次我终于明白为什么叫它们河马了，因为当它们在水里只露出头顶和两只耳鼻，那样子倒是真像一张马脸。这里的员工也会提醒你：一定要把“帐篷”的拉锁拉得严严实实，除非你想邀请猴子们带领各路“妖兽”来帐篷里写“到此一游”。

我之所以一直把帐篷加着引号是因为这个酒店的客房虽然有着帐篷的外观，还用拉锁来代替房门，但屋子里的地板和洗手间全部都是用瓷砖覆盖着的。装修得简洁温馨，并且提供免费的茶和咖啡，一张大床上还挂了窗帘似的蚊帐。我当时看到那张床立刻就拔不动脚了，真想扑向那个柔软的大白床，然后一头扎进被子里舒舒服服地一直睡到晚饭前。但是出来玩毕竟是要辛苦一点的，马上三点半我们就要开始Afternoon Game。所以只能在“帐篷”里小憩一会儿，然后恋恋不舍地离开那张大床，开始前往下一个战场。

这次是由酒店派的车和司机来带我们进行Safari（观赏野兽的旅行），因为酒店的司机一般比内罗毕来的司机在找动物方面更有经验。我们的Safari车像一辆没有窗户的（除了驾驶座的挡风玻璃）大型吉普，就连头顶也是敞篷的。为了防晒，我们都涂了 SPF50+的防晒霜，爸妈都戴了 Safari 帽，我也在临出门时匆忙地顺手抓了一顶棒球帽。但一出发就发现绝对失策，两侧明晃晃的阳光可以全方位地晒在我的侧脸上。

也管不了那么多了，接下来我们走的完全就是草原野路，初次在大草原上坐着无窗吉普这么肆无忌惮地飞奔，让来自狂野非洲的风无时无刻尽情地迎上脸颊。突然让我回忆起坐着小快艇在印度洋上飞驰的感觉，虽然海风和草原风的质感有很大不同，但在这种时候往往最能直接地感受到这个世界的无比巨大。

亿万人类昼夜不停地用自己渺小却自认为无坚不摧的身躯努力在地球上存活着。我们总是觉得人类才是这个世界的主宰者，大脑散发出的智慧让我们远远超越了地球上的其他物种，生活在城市里的我们几乎忘记了它们的存在。日复一日年复一年，我们沉浸在自己小小的生活圈里，为各种各样的琐事烦恼着，体会着情感与智慧带来的快乐与痛苦。

我们以为自己无比强大，但人生中重重的困难却一次又一次地打击着我们，仿佛是故意来磨平你的棱角。人们为此沮丧，甚至会为此放弃生存的希望。体会世界的庞大却正是我们所需要的，我们需要时不时地提醒自己，我们是渺小的，人类是渺小的。我们的故事对于这个世界无关痛痒，就像一句俗话所说的：“缺了你地球照样转。”

没错，我们的离去并不能影响地球海平面上的任何一次潮起潮落，并不能影响非洲草原上狮子们每天清晨的捕食规律；云彩仍不断改变着它那变幻莫测的步伐；星星仍按照自己的轨迹安静地奔跑着，直到哪一天它再也跑不动了，就会安静地爆炸，然后它们死去的光芒被几万年后的我们发现，夜空中那微微的闪

步行观犀牛

高冷优雅的长颈鹿

动也被细心的后人察觉，然后写成孩子们耳熟能详的儿歌：“一闪一闪亮晶晶，漫天都是小星星……”

我也喜欢看星星，喜欢印着星空的绚丽明信片。每当我看到这些美丽而极其遥远的星辰连成一片，就会发现其实人类还在探索的地球——这个“我们的世界”，就连它在深不可测的浩瀚宇宙中也只是沙滩上的一粒沙而已。那么人一生发生的每一件事情，在庞大的宇宙眼中该是多么微不足道！

这个存在了一百多亿年的宇宙每时每刻静静地凝视着我们，目睹我们的每一次创造、改革、战争、发展…… 我们的幸福、愤怒与悲伤也只不过是一场大型舞台剧的一幕又一幕表演。

我们所做的一切并不是没有意义的，但是真的没有必要为生活琐事过于烦心，人生就如一场戏，该出戏时就出戏。抬头仰望那些天空上闪烁着的密密麻麻的小亮点，它们都只不过是过去的光芒，而我们也终究成为宇宙时间线上那一个个小小的过客。

我们既是这场盛大演出的领衔主演，又是跑龙套的人肉背景。

这时，一个又细又高的身影在视野中的突然出现打断了我的思绪。我们的车开得离它越来越近，不知是这只长颈鹿有着与生俱来的淡定心态，还是对于好奇的游客早已司空见惯，它没有慌忙地四处逃窜，而是用平静的眼神瞭望着整个草原。接着我们的出现打破了它的凝视，它转过头静静地看着我们停顿了几秒，然后它又慢慢地把头转了过去，迈着四条长腿悠闲安静地走开了。它那长长的脖子与细长的四肢搭配在一起十分协调，高贵优雅的身姿却顶着一张萌萌的小脸，简直是自然界的精灵（怪不得当时郑和把长颈鹿从非洲运回中国时大家都管它叫麒麟）。

在我儿时的记忆里，很久以前好像在什么动物园见过长颈鹿，但不知为什么，这次在非洲大草原上看到第一只长颈鹿的时候，却突然有一种从来没有见过

夜幕下的合欢树

真正长颈鹿的感觉。

我第一次注意到动物的美是可以用来欣赏的，它们能让人感受到，大自然完全不需要任何修饰就能呈现出宁静而不失生机的美。

每个动物其实都是大自然中的一种神兽吧。

等它悠悠地走开后，我们的车子又再次发动，左弯右拐地来到一个靠近小山的地方停了下来。我们接下来要进行的是 Walking Safari，就是步行看动物。大家都下了车，跟着司机向草丛中走去。请大家注意我的用词，是草丛而不是草坪，大步向前迈的时候周

网格长颈鹿（摄于桑布鲁国家公园）

围的草完全可以遮住膝盖。所以也在这里建议大家一定要穿长裤，否则有些带刺的植物是可以弄伤皮肤的。走着走着，司机突然放慢了脚步，示意我们不要出声。我们那时候都有点儿害怕，万一草丛深处突然窜出一只猛兽，我们可真是一点儿辙也没有。我爸既胆大又好奇，他走在队伍的最前面，站在司机旁边兴奋地观察着会有什么动物出现，我们也只好硬着头皮围了上去。

这时，我们可以在树丛的缝隙间隐约看到一个黑灰色的庞大身影在动，我爸冲司机小声问了句："Hippo（河马）？"我立刻紧张起来，因为河马是很凶猛的动物，强有力的巨型嘴巴可以毫不费力地把一个完整的大西瓜咬得稀巴烂，因河马而丧命的人也数不胜数。司机并没有多做解释，他慢慢地带着我们小心翼翼地绕过树丛，一点一点地向那个不明生物靠近。

当我们壮着胆子蹑手蹑脚地跟上去后，这才稍稍松了一口气。除去了树丛的遮掩，发现那其实是两只白犀牛正在专心致志地吃草。毕竟我们这些游客都是第一次毫无防备地离活犀牛这么近，所以大家一丝一毫也不敢放松警惕，当人在脱离保护后站在动物面前就会脆弱得几乎不堪一击。我妈紧张地催促着司机带大家赶快离开，司机却示意我们先和犀牛拍个照片留念。虽然我在那种情况下真是一点儿拍照的心情都没

在马赛马拉与犀牛合影

有，可是转念一想，在大自然里和犀牛这么近距离接触的机会不珍惜就浪费了，所以相机里那张笑容僵硬的我和犀牛的合影就这么诞生了。

接着，司机带我们在草原上转悠了没多久就发现不远处有好多吉普车围在一起，一般这种情况下肯定有大型食肉动物出现。于是我们也跟着和那些车并排停了下来，茫茫草原上都是一望无际的黄草，我这个有点近视的学生狗简直啥也瞅不见，但是所有人都在聚精会神地盯着草原上的一个地方。我们的司机也用

难得一见的金钱豹（摄于桑布鲁国家公园）

手指着草原中的那一处，还清楚地和我们说了一句中文：“豹子。”我拿着望远镜找了半天，才好不容易在密密麻麻的黄色干草中发现了一只同样黄色带着些黑斑点的身影！

我立刻对非洲人的视力肃然起敬。

这只豹子并没有很在意围得越来越多的车子，因为它也在聚精会神地盯着前方——三四只正在吃草的羚羊。这些羚羊仿佛也感觉到了食肉动物犀利的目光，可以看出它们虽然一直在吃草，但一直保持着警觉，时不时抬起头看看豹子所在的方位。

围观的人群里一片寂静，所有的车子都熄了火，人们举着各种各样的“长枪短炮”调好焦距对着豹子一动不动。猎豹捕食羚羊——这是多少摄影爱好者们来非洲大草原上梦寐以求的场景，那些端着大镜头的人的手臂都保持着紧绷的状态，手指在快门处一次又一次地对焦。五分钟过去了，十分钟过去了，十五分钟过去了……捕食行动并没有执行，但是人们却比那儿只羚羊还警惕，要是因走神而错过捕捉这个惊心动魄的瞬间，那会成为很多摄影师们一生的遗憾，毕竟猎豹抓羚羊的“现场直播”可不是每天就能看到的。

就在这千钧一发的时刻，那只豹子突然动了动，大家又瞬间振奋起精神目不转睛地盯着镜头，可是它只是时不时转头看看我们这群车子的方向。又过了一会儿，那只豹子竟然突然站起来，然后转身大摇大摆地走开了。

“这是玩儿我们呀！”我们车上的一位旅客一边嘀咕，一边甩着酸痛的胳膊。其他吉普车上的人也都只好唉声叹气，纷纷把车开走了。

豹子肯定也烦死了：你们这帮狗仔队的，还让不让宝宝安安静静地吃只羚羊了！

……

不过这种小事儿怎么会消灭我们的斗志呢？司机继续载我们一起找“大猫”。我们来到了一片灌木丛附近，司机的对讲机突然一响，里面传出了几句激动的斯瓦西里语，然后他一脚油门就带领我们窜进树林深处。又是几辆吉普围着一片小空地，远远地看到几只姜黄色的身影。这可是真狮子啊！司机却继续不以为然地开得离狮子越来越近，还不忘小声提醒我们保持安静。

两只母狮子在草坪上懒洋洋地晒着太阳，周围四只小狮子蹦蹦哒哒地互相追逐嬉戏着，简直萌化了！怪不得叫它们“大猫”。

若将目光放得更远些，就会发现在远处有一只鬃毛浓密的雄狮在一棵合欢树下静静地趴着：前爪优雅地搭在身前，落日逐渐变成一个地平线上的橙色火球，日光斜斜地散布在它光滑的皮毛上，把它和树的影子拉得好长。

微风从广阔无垠的草原上刮来，那柔顺的毛发随着风微微颤动着，它平静而威严地将目光迎着落日投向草原远方虚无的一处，金色的眸子映射着夕阳，看不出一丝情绪，仿佛草原威严尊贵的国王在瞭望它的国土……

这时，刚刚还半卧着的一只母狮子突然站起身来。这个举动可把我吓了一跳，它不会是嫌我们烦要把我们当点心吃吧？我一边这么想着，一边只见那母狮子像遛弯似的悠哉悠哉地朝我们车子的方向走来。车本

树中树

来离它也没有多远，它迈着四方步不到几秒就来到与我们距离不到两米的地方。

全车的人一片死寂。

我的身子也僵在了座位靠背上，所有人都停止了手中的一切动作，连大气儿都不敢出。那狮子继续迈着它那毛茸茸的大爪子一步一步地朝我们款款而来。只有不到一米了。（不过我还是得在这里指出，这种距离真是一个千载难逢的拍出细节照片的好机会。可这种情况谁敢啊？那单反快门咔嚓一声下去，狮子要是以为我们要朝它开枪猛扑过来，我们绝对小命儿玩儿完。）以它现在这个位置要是想到车里逛一圈儿可就是一个小跃步的事儿。况且这车没窗户！没窗户！没窗户！大家只能屏气凝神地用余光偷偷地斜眼瞄着它，而我干脆连看它一眼都不敢。我的后背死死地贴在椅背上并把头扭到另一个方向在心里默念：狮子啊你快走吧！别在车子旁边瞎转悠了，您慢走不送……可当我用余光瞄向它的方向时，却发现这狮子不仅没感受到我内心的呐喊，还竟然在我们的车子旁边停了下来。它漫不经心地打量着这辆吉普，好在目光没有在车里的任何一个人身上停留，然后用舌头舔着嘴继续迈着四方步擦着车边儿离开了。

“这……这还真是有点儿吓人！”另一个中国游客在狮子走远后面部僵硬地自言自语着，就连身子也还保持着刚才紧绷的姿势。

后来每当我们回国和朋友介绍在肯尼亚看动物的经历，几乎每个人都要说一句：“你们知道北京虎园那件事儿吗？你们那样看动物害怕不？”现在回想起来的确是有点儿吓人……不过这里的旅游业是相当成熟的，如果遵守指示基本没有任何危险，所以我还是要向大家强烈推荐来肯尼亚看动物的！

司机作为当地淡定哥，这种事儿见多了当然是没受一点儿影响，继续我们的 Afternoon Game。在我们马上就要被各种坑坑洼洼的土路颠出颈椎病的时候，车却突然停在一片树丛旁——他肯定又发现什么动物了。而且那里又有几辆 Safari 车停在附近守候着。

从我所坐的位置可以清晰地看到，丛林边上的树在晃动——幅度大、范围广，而且都可以听到窸窸窣窣的声响，一看就知道要有大型动物出没。

果然，一个像树那么高的庞然大物慢慢地走了出来。是大象！它的一对象牙又长又白，并且完整无缺，没有一丝折断过的痕迹。

象战（摄于察沃国家公园）

近距离看大象

与此同时，它身后的几棵树又开始摇动起来，陆陆续续地出现了几只比它体型小一半的象。这些小象的牙还没有长出来呢，其中还有一只更是一眼就知道是象宝宝，它紧紧地贴在一只母象身边。

这只母象却开始向右边缓缓地走过去，她身后的树丛中的树再一次大幅度地摇曳起来，马上就又出现了一只大象——看来我们这次是遇上大象家族了。它的体型明显比母象大一圈，也和第一只一样有着长长的象牙。

它向母象慢慢地走去，当两只象面对面时，它们同时伸出长长的象鼻，互相亲昵地摩擦着，亲密得好似一对儿如胶似漆的夫妇，一幅执子之手与子偕老的画面，和谐得都能让好多人重新相信爱情了。

第一次近距离观赏了这么多大象，直到目送着它们的灰色背影渐渐消失在茂密的树丛中，我们才依依不舍地让司机再次发动车子。引擎发出的突兀声响地打破了刚刚只有动物与自然的宁静，它带着我们继续在草原上寻觅着。

转了几圈都没有发现什么有趣的动物，也只剩下落日的余晖覆盖着大地，我们便踏上了返回酒店的路。

聚焦 bushbaby（婴猴）（摄于阿布代尔国家公园）

偷拍与被偷拍

吉普车又在原野上飞奔了起来，随着一次又一次的颠簸，这种独特的频率竟然让我有些犯困，大片大片的黄草在轮胎旁迅速闪过的影子渐渐模糊了我的视线。

等我再睁开眼时发现车子已经停了，而我们却还在草原上，全车的人都兴奋地朝窗外看着什么。我定睛一瞧：两只雄性羚羊正在进行着“男人”之间的较量——他们在为配偶而战。这个场景就是《动物世界》开场的经典桥段，它们长而坚硬的角在激烈的撞击中发出“嘭嘭”的声响，这声音在安静的草原上尤为明显，就连我手机的录影中都能清楚地听到。

在经历了风尘仆仆的一天后，我们拖着疲惫而兴奋的身躯回到了酒店，门口的服务生再次端来热乎乎的毛巾迎接我们的平安归来。吃过晚餐回到“帐篷”里，黄色的暖光灯已经全部点亮，床的被子也被铺得很温馨。

只不过墙上的一只壁虎让我有些不安，因为我向来不喜欢人住的屋子里有什么其他生物在没经过我“批准”前擅自闯入，而一只壁虎的出现就代表着这个房间是有空隙让其他生物进入的。我正这么一边想着，一边钻进被窝。哪知我刚刚伸进被窝的一只脚突然触碰到一个软软的，表皮有些粗糙的不明物体，最重要的是——它还是暖的！喵了个咪的！在迅速跳下床的同时，我嗷的一声尖叫瞬间充斥了整个房间。我爸妈也被我突如其来的惊悚反应吓了一跳，等我结结巴巴歇斯底里地控诉完被子里的不明生物后，我们战战兢兢地把被子刷地掀开……眼前的景象让我们差点把腹肌都笑出来——一个裹着红蓝格子马赛布的热水袋正安静而一脸无辜地被突然暴露在光天化日之下。

我说这服务的确是非常周到，不过咱下次能不能在床头留个条啊！这要是一只猫的话，肯定会让我炸毛炸成两只大……

住这种帐篷酒店绝对是体验当地特色的好机会。你可以坐在屋外的小桌子前喝一杯香浓的肯尼亚咖啡，悠闲地看一本喜爱的书。清晨的日光会把每棵大树镶上一圈金边，一缕缕阳光从枝叶的缝隙中投射在几只活泼的小猴子身上，它们会抓耳挠腮地睁着那滴溜圆

的大眼睛试图看看你有什么吃的。如果你时不时地听到远处传来的像怪兽打呼噜般的声音可不要害怕哦，那是河马家族在马拉河里的叫声。

第二天我们又继续 Safari，当对讲机叽里呱啦地响起斯瓦西里语的时候，我们的司机又像往常一样很有目标地把车开得飞快。我们来到了一个河谷上面，四周各式各样的吉普再一次聚在一起，不过这一次的车辆格外得多，把这个地方围得水泄不通。每辆车却都与河谷的边缘隔着一段距离，大家都互相比划着噤声

细纹斑马（摄于桑布鲁国家公园）

的手势，所有的车子也都熄了火。我从车棚上探出头，尽可能地远眺，这才发现在河谷下面有一大群斑马聚集在河边——原来大家都在静候它们过河。

这就是著名的动物大迁徙中最重要的一部分。其实我们原本是要看角马过河的，这种场面完全是要靠运气才能碰到，这一次却机缘巧合地一下子就撞见了斑马过河，也是运气爆棚！

只见摄影师们又开始静候了，这次是万事俱备只欠“过河”。大概过了两三分钟，最前面一只带头的斑马身先士卒地踏入了马拉河中。就在它迈出这一步后，所有的车子瞬间从熄火状态变为加速向河谷上面的边缘冲，为的就是能争先恐后地找一个最佳视角观看壮观的动物大迁徙。

我们的司机经验丰富，虽然我们到得最晚，但当我们都还没有反应过来发生了什么的时候，车子就以迅雷不及掩耳之势冲到了最前面，占据了最佳“战略位置”。不愧是“老司机”啊！就是让全车本来已经激动得站起身的游客在没有一点儿防备的情况下差点借着突如其来的惯性摔在车里。感觉我们的车在领头斑马开始过河之后的那两三秒钟的空档向前冲了两米多——真是斑马迈出一小步的同时人类迈出了一大步！

这也是看动物过河的规矩，在动物没过河之前谁

在长颈鹿公园喂长颈鹿

的车都不能向前开得太近，以免打扰了动物的情绪让它们不想过河了，也会扫了游人的兴致。但只要领头的动物一开始动，车子就可以向前冲来站位。

紧接着，斑马大队就开始陆陆续续地过河了。可以看出河水越到中部越湍急，水位没到了斑马的腹部，很多斑马也放慢了前进的速度。此时此刻，有几只长达两三米的大鳄鱼正潜伏在马拉河里，只露出背部上的那些小突起让人很难发现。它们如同预谋已久般一起慢慢接近那群正在过河的斑马，当很多游客发现了这一点时，也不由得为可爱的斑马们担心起来。（不过要是真能拍下鳄鱼捕食斑马的瞬间也会让摄影师们很有成就感。）

水羚羊及倒影（摄于察沃国家公园）

索马里鸵鸟（摄于桑布鲁国家公园）

随着鳄鱼渐渐逼近，车子里的气氛也变得越来越紧张。我们眼睁睁地看到有一只鳄鱼都快要贴到一匹斑马身上了！可不知这匹斑马是浑然不觉还是体力透支，只见它继续慢悠悠地渡河，而且竟然在这火烧眉毛的节骨眼低头喝水！我在车子里都比你在河里着急！

就在我们干着急的功夫，那鳄鱼猛地张开它的血盆大口，一口咬住斑马的腹部，一下子就把那只可怜的斑马拖倒在水中。接下来的场景就和电视节目里血淋淋的捕食镜头没什么区别：另几只鳄鱼见了血也围了上来。马拉河上被染上了一汪血红。鳄鱼们还在专心致志地享用着它们的血色盛宴，时不时可以看到巨鳄做出“死亡旋转”时露出的白肚皮和长尾巴拍打出泛红的水花，以及斑马那黑白条纹在粉红的波涛中若隐若现、时浮时沉的惨景……

在鳄鱼吞食着那只倒霉的斑马时，其他斑马并没有停下前进的步伐。每当再有鳄鱼接近，它们也终于在经过血的教训后学会躲开了。不过当最后一组斑马见识到河中险处逢生的困难，它们决定先暂时放弃过河。然而刚刚过去的几只斑马发现自己的家人并不想

大象近照（摄于阿布代尔国家公园）

过来，就开始在两岸互相“喊话”。它们的嘶鸣声持续了好久。最后刚刚过河的几只斑马竟然不顾危险毅然决然地再次踏入那条血色之河。

这一切就是为了和家人团聚。

斑马过河这个重量级戏码有幸被我们在这一天完整地目睹，而且中间还附带了一段血色插曲。所以要来看大自然中野生动物的朋友们要做好接受血腥场面的心理准备，毕竟一切都是丛林法则优胜劣汰的过程。

在看完斑马过河之后，我们简直就是对斑马产生了审美疲劳，还记得我们刚刚抵达非洲大草原上一见

长颈羚（摄于桑布鲁国家公园）

到路边出现的斑马都会激动地给它们疯狂拍照，而现在我的相机储存卡里有几十张满屏幕的黑白条纹，我们对一群斑马也懒得多看一眼了。

第三天是我们这次马赛马拉之旅的最后一天，Morning Game 也是我们这趟最后的 Safari。清晨六点半就得坐上车，继续着激动人心寻找动物的旅程。

这里的早晨可真是能把北方的狼冻成狗…… 整个草原一望无垠，大风更是无遮无拦肆无忌惮地在平坦的草原上以百米冲刺的速度灌入车厢，吹得我们没处躲没处藏。我的冲锋衣简直就是专门再来冲风的……最后发现还是当地的马赛布最管用，别看就是一块有格子图案的布，在身上一裹超级挡风。于是我们就裹着马赛布，像寒号鸟一样缩在车里感受着草原上肆虐的狂风。

眼前的景物一路狂奔地飘过我的视线，轮胎旁边密密麻麻的草飞速闪过，直到渐渐融合成一团模糊的黄色染料。越远的景物移动得越慢，朝阳才刚刚升起，几缕细长的云被映成一个五彩斑斓的调色盘。

天空是一张平滑的面，几朵条形的云彩是几条简单的线，它们在湛蓝的画板上呈现出一幅颇有意境的唯美图画。

当视线再次回到了地面，远处一棵伞状的合欢树正朝着我们的方向慢慢移动，还有一只小白鸟正好站在它的枝头凝望着多彩的云端，整棵树以充满艺术色彩的天空为背景合成了一幅无可挑剔的大家之作。

眼前所有的一切都是自然大师的妙笔神功，这种不可言说的壮丽只有身临其境地去欣赏才能真正地体会到。画面逐渐平行地划过视野，而我的目光却依然恋恋不舍地追随着它远去的方向，想尽可能地把这个作品印在我的脑海中。

当我重新把目光投向远方，一条长长的黑色线条开始缓缓向我们靠近。一开始我还不知道那到底是什么，离近了仔细一看，才发现线上的每一个小黑点其实是一只角马。它们排着整齐的队伍匀速前行着，成千上万只角马排成一个长长的队，在辽阔无垠的非洲大草原上连成一条划分天与地的界线。

它们不断向远方前行，没有停顿和速度的变化，它们的目的地就是远方，就像一列永远不会停下的火车……

世界真的是没有尽头的。

种　子

我们从哪里来？

在动笔写这篇文章之前我其实想过很多不同的标题，不过最终我还是选择以“种子”来作为我的出发点。我一直相信每个活在这世界上的人都有着自己独特的使命，我也相信一个人活着的目的是要或多或少地去做出一些积极的改变，无论是对自己还是对周围的环境。

我把留学生比作种子。他们来自不同的文化背景，各自怀揣理想走向世界的各个角落。当他们在一个又一个不同的国家生根发芽的时候，肯定都会面临些许困难，可当他们终于克服千难万险破土而出的时候，那一株株幼苗都会朝着他们心中的太阳生长，而这个太阳就是他们的祖国。

目前的我有幸成为广大中国留学生群体中的几千万分之一，这个数字可能随着时代的发展还在逐渐上升，就连我身边的朋友也越来越多地加入留学生的队伍当中。我们就像中国向世界各地大把撒出去的一批又一批的种子，肩负着使命。那么我们的使命又是什么呢？可能在面对这样一个问题时，每个人心中都会有着自己不同的答案。对于我而言，我认为我的使命就是传播，这也正与一颗种子的使命不谋而合。

可能在未来的某一天，我们早已不再仅仅是一颗种子或是一株幼苗，到那时候，也许我们都会被挑选进世界各地的花卉市场，我们也将有机会在众人面前展示自己的过人之处，当越来越多人的目光被我们吸引之后，他们就会注意到我们的名片上除了自己的姓

“六一”儿童节时，阳光学校带领肯尼亚小学师生体验蒙内铁路（SGR）

名以外，还写着我们的出处——中国。

越出国越爱国？

近年来，很多人都会发现身边的人越出国就越爱国，亲身经历告诉我这个说法并不是没有道理。人一出国门，尤其是走出亚洲之后，就会意识到自己与当地人有着明显的不同，这种不同不仅仅是在语言和外貌上，而且更体现在东西方从古至今的文化背景上。说起我第一次有这种明显的感受还要追溯到2009年，年仅9岁的我第一次踏出国门，去美国上了一年小学，这段经历在第一章已提到过了，不过这次我还是要再

我在美国读小学四年级时与同学的合影

夜幕下的蒙内铁路内罗毕终点站（中国路桥供图）

把那年发生的一些事情重新搬上舞台，因为它们对于未来的我太重要了。

那时候的我随着妈妈访问学者的脚步第一次走出国门，踏入了另一个像中国一样，家喻户晓，遥远而充满未知的神奇国度——美国。

临出国之前，我二年级的班主任语重心长地对我说："人在国外，最怕的就是孤独。"当时那个梳着两条走起路来会小辫子跳来跳去的小女孩的细小身体并不能理解或消化一个名叫"孤独"的东西，也并没有意识到这个名叫“孤独”的朋友会在未来的日子里时不时地去挨个拜访每一个人。

当我第一次混迹于不同肤色的同学中，第一次让英语充斥着耳膜，我也第一次意识到肤色和语言，这两个在中国并不常用的词汇，能把一个人用深深的沟壑与外界隔离，也第一次学会与这个叫作“孤独”的陌生人做朋友。

那也是我第一次对于“我是中国人”这句话赋予了更深的感情。虽然当时的我对“爱国”这个字眼并

驻肯尼亚大使刘显法和大使夫人（阳光学校李萍校长）与我和两位在阳光学校认识的小伙伴在蒙内铁路主控室

没有很深刻的体会，但是已经足够在潜移默化中激起我向世界介绍我的家乡中国的欲望。2009 年在美国有两件事激发了当时年幼的我从心中油然而生的家国荣誉感，虽然我当时都不太明白什么是“家国荣誉感”。

第一件事，课堂上老师要调查班里的学生最喜欢的颜色，我也和大部分八九岁的小女生一样对可爱的粉色和梦幻的芭比公主梦有着无比的向往。前面的小女生们不出我所料一个个都大声抢着喊“Pink!”可轮到我发言的时候我却犹豫了一下，然后我却说出了另外一种颜色。直到最近我才突然明白当时的我，一个 9 岁的小孩为什么要在这么简单的问题上放弃表达出她对粉色的喜爱。可能那个 9 岁的小女孩在那时突然意识到了，一个比粉色的芭比公主梦更有意义的颜色——红色。

其实在说出自己的答案之前，她根本不会像现在长大后的她一样考虑那么多，她既不知道什么叫家国情怀，也不知道曾经有一个伟人告诉国人要“为中华之崛起而读书”。她只知道国旗是红色的、中国结是红色的、糖葫芦是红色的、大大的灯笼是红色的、奶奶织的围巾是红色的、大大的“喜”字是红色的、新年最开心的时候要贴的对联和窗花也是红色的……似乎她小小的脑袋里所有能想起来能代表中国和家乡的东西都是红色的，那她有什么理由不去喜欢红色呢？

于是她就成了全班唯一一个喜欢红色的小姑娘。

第二件事，班里为国际日宣传哪个国家举行投票，大家都纷纷报出自己想介绍的国家名字，我也毫无悬念地回答着“China”。民意投票的结果立刻就出来了，我们班得的票数最多的是一个我当时不知道叫什么名字而且现在也记不起来的小国家。

而中国，这个我当时觉得是一个世界上好大好大，大到在摊开的世界地图上，我会不自觉地被那只大公鸡的身影吸引过去的国家、一个有好多好吃的好玩的国家、一个有着像森林一样多的高楼大厦的国家、一个年幼的我认为全世界都应该知道并向往的国家……最后只得了两票。

内罗毕终点站全景（中国路桥供图）

一票是一个在中国待过 4 年的老师投的，另一票是我投的。

那个班里唯一一个 9 岁的中国小女孩应该有什么样的反应呢？记忆中的她没有哭也没有闹，没有义愤填膺也没有热血沸腾。一方面是因为她真的还没有学过那么多四字词语，另一方面是因为她的小脑子里还没有能量迸发出那么多复杂而强烈的情感。当时的她只是感觉很失望，而且还有点难过，好像感觉小心脏呼地变沉了，不过她也想不明白原因，又不是自己落选，为什么要难过呢？但是为什么中国落选会让她感到像自己落选一样伤心呢？为什么班里的那两票让她至今难忘呢？

不过还好，现在的我明白了。

后来那个 9 岁的小女孩长大了，脑袋里装的不再是粉色的芭比公主了，经历了更多的事，明白了更多的道理。

当然，也学会了更多的四字词语。

爱国初认知

从美国回来后，10 岁到 14 岁的我在国内完成了小学的最后三年，也顺利通过“三好生”以及“特长生”等等的头衔进入了一所挺不错的中学。在临去肯尼亚之前，我在国内连小学带初中生活并学习了整整五年。也就是说，在我15岁去肯尼亚之前的各个年龄段所有或懵懂或疑惑的经历都是值得回顾的。

我在这里自然不单单是为了怀念过去，虽然我不能说我现在的这些认知足够成熟，不过作为一颗身在海外的种子，我想和大家借着这个题目并结合我的自身经历，同那些经历了不同文化冲击的“90后”“00后”留学生们在认知自我以及认知国家上找到些许共鸣。

就像我之前所说的，我和绝大多数中国的“90后”“00后”一样，年幼的时候对国家最初的印象就是天安门广场上飘扬的五星红旗，还有长辈们在世界地图上指出的那只令人无法忽略的大公鸡图形。第一次对“爱国”这个词有些懵懂的理解也只是在小学每周一早晨的升旗仪式上，当只有六七岁的我们第一次目睹鲜亮的五星红旗随着雄壮的《义勇军进行曲》缓缓升到旗杆高高的顶端时，都是能感受到一些小兴奋的。当7岁的我转头看向旁边二年级戴着红领巾的学姐学长们在国歌响起的那一刹那抬起右臂敬礼时，真的超级希望自己能快快长大，到那时候，我的胸前也可以系上和国旗一般鲜红的红领巾，我也可以自豪地用力举起我细细的右臂向徐徐上升的国旗敬上一个标准的少先队队礼。

当时自己的有些举动我现在回想起来甚至都觉得

又好笑又可爱。比如因为没入队之前就不可以冲国旗敬队礼，一年级的我却早已迫不及待地缠着姥姥姥爷，让他们用一条方形的手绢教我怎么系红领巾，或是告诉我怎样才能敬一个标准的队礼。

为了更有感觉地练习，有一次我在进老师办公室之前喊完“报告”之后匆匆对着关着的门敬了一个队礼。那种感觉真是又心虚又自豪。我甚至想象着等我系上红领巾之后，我一定要回到我原来的幼儿园，对之前的老师们敬上一个标准的队礼，那时候他们一定会为我感到骄傲吧！

阳光学校的学生们为阳光学校的揭牌仪式表演

然而这些事对于一年级的我而言都是极其崇高而遥远的。和我们班的大多数小朋友一样，我们唯一能做的就是在升旗仪式上用崇拜的目光对国旗行注目礼，然后在唱国歌的环节比谁的声音最大，恨不得拼尽小小身躯的每一个细胞声嘶力竭地用稚嫩的童声吼出国歌的每一个字。即便是在寒风凛凛的冬日，好多小朋友都已经冻出了鼻涕，当唱到“中华民族到了最危险的时候”，我们一个个的小脸都已经憋得通红，那些注视着国旗的小眼神都差点迸发出视死如归的神情，好像下一秒就要冲出去奋勇杀敌一般。

这就是小时候的我对爱国最初的体验。我想把国歌唱得再大声一点，好像这样我就能把我对这个国家的爱拼命喊出来，向同学们自豪地证明：“你们看，我对祖国的爱要比你们更多一点哦！”我迫不及待地想长大、迫不及待地想上二年级、迫不及待地想入队、迫不及待地想戴上红领巾、迫不及待地想朝着国旗名正言顺地用力敬上一个少先队队礼……

时光飞逝

后来我成功地和全班同学在二年级的入队仪式上，在少先队队歌响彻全校的时候被一位六年级的大姐姐戴上我日思夜想的那条既崭新又平整的红领巾。

蒙内铁路蒙巴萨起点站（中国路桥供图）

我也终于可以在升旗仪式上对着国旗敬礼了！每次敬礼时，我偶尔还会偷偷地瞄向新一届一年级的弟弟妹妹们，当看到他们渴望的眼神和当时的我一样望向我们高举的右手时，我的嘴角会露出一丝不易察觉的得意的笑容。

二年级的日子好像过得很快，日历刷刷地被一页页撕下。盼望已久的 2008 年北京奥运会以蓝天白云作为背景，在各国游客的聚集下成功地开幕了，8 岁的我也兴奋地陪着爸妈挤在电视机前熬夜看奥运会开幕式的直播。只不过那天晚上的开幕式没有给我留下什么太深刻的印象，就好像趁着热闹，开开心心地看了一场大型表演一样。

2001 年 7 月 13 日，从莫斯科传来的那句震撼人心的“China”几乎让整个中国都沸腾起来。北京申奥成功的那天晚上，大家在电视机前哭着笑着喊着唱着，还有许多热血青年半夜聚集到天安门广场，想和更多国人分享这个期盼已久的喜讯。2008 年的北京奥运会随着《北京欢迎你》的歌声把中国再一次推向世界各地媒体的焦点，“China”这个词好像又重新在国际舞台上闪亮登场。

只不过所有的这些我都是后来才知道的。当时的我也凑热闹般地和爸爸妈妈看了几场奥运比赛，然而我当时的关注点完全只限于我到底能集齐几套福娃的纪念品，以及五个福娃中我到底最喜欢哪个。那时候也是我对童年产生最深记忆的开始，感觉北京的一切都是那么美好，地图上的大公鸡果不其然是世界大国啊，全世界的人一定都超级喜欢中国吧！

2008 年的北京在我印象中更像是一个热热闹闹的派对，在上亿人的期待下轰轰烈烈地到来，一场接着一场的比赛，中国队拿到了一块又一块的金牌，好像这场让中国人自豪无比的体育盛宴永远不会结束。可是又好像一眨眼的工夫，奥运会闭幕式已经举行完了；残奥会开幕了；残奥会闭幕了，仿佛我的 8 岁生活也一下子就过去了，然后我就去美国了。

9岁那年也是我第一次真正意识到大多数西方人是如何看待中国的。很多人对中国的了解以及认知少到令我瞠目结舌，甚至有小朋友不假思索一脸随意地问我：“你们在中国都穿什么衣服啊？”当时在我的印象中，美国小孩对中国印象最深的就是“封闭”“遥远”“地震”还有“污染”。

是谁在改变？

当我再次回国时，我又回到了之前离开的那个班，和既熟悉又陌生的小伙伴们一起上四年级。我们好像都变了，又好像都没变。我们还是天天系着红领巾，还是每周一去操场站好队参加升旗仪式，还是按照惯例全校唱国歌……

可是不知道从什么时候开始，越来越多的红领巾已经变得皱皱巴巴，戴的次数也越来越少，好像只有学校派监督员到每班检查时才是全班戴红领巾最齐的时候。

就连唱国歌的声音也随着一年又一年变小了，后来甚至很多女生都干脆用假声跟着轻轻哼哼，没有人愿意做那个第一个带头提高声音唱歌的领头羊。万一跑调了怎么办？万一不小心破音被同学笑话了呢？反正大家都是这个音量唱的，老师也不会把我怎么样吧？这一连串的疑问句成了大多数人不愿放声唱国歌的借口。大队辅导员在台上一遍又一遍地强调唱国歌的声音要大，可不知道为什么一直没有很大的成效，当同学们再看到低年级的小朋友不顾跑调扯着嗓子大吼国歌的时候都会觉得他们的样子傻傻的让人忍俊不禁。

难道可笑的只有他们吗？

难道他们真的可笑吗？

我们和他们相比到底缺失了什么呢？

我和妈妈慰问肯尼亚贫民窟里 Mcedo 北京小学（中资捐建）的孩子们

温室里的花儿

又过了几年，等我们终于步入中学，升旗仪式上的国歌声好像比以前要响亮了许多，虽然还远远不及小时候，但是大家心中好像都认为自己已经明白了什么是爱国。现在想想，当初的我和大多数十二三岁步入青春期的学生一样，都以为离开了小学我们就什么都懂了，更何况简简单单的“爱国”两个字。

因为这个词对于学生时代的我们来说再熟悉不过了。各种主题班会、校会以及政治课、品德课都会给我们宣扬一个又一个感人的爱国案例。比如某某某因为得了绝症要在临死前去天安门广场看升旗，或是某某某为了国家鞠躬尽瘁最后因公殉职，又或者是某某某因为联合国哪个会议上没挂中国国旗就坚持等挂上国旗后再参会……相信你们在听到这些故事也会突然回想起学生时代老师在讲台上慷慨激昂、唾沫横飞、滔滔不绝的样子。

你们还记得听完这些感人故事后的感受吗？有没有抓心挠肝、“老泪纵横”得恨不得当场就在课堂上用满腔的雄心壮志跳上讲台挥舞着五星红旗高喊：“为中华之崛起而读书！”

我列举的这几种反应当然有些过于戏剧化，不过

肯尼亚贫民窟里 Mcedo 北京小学（中资捐建）的孩子们

不得不承认当时大多数的我们都只当听了一个励志故事，或是被灌了一碗心灵的鸡汤。不瞒你说，这种是大多数学生都有的通常反应，这种鸡汤对于中学时代的我们而言好像总是蒙着一层带有距离感的红色面纱。

这真的只因为当时我们年龄太小吗？还是我们真的像长辈们所说的一样被包裹在高高的象牙塔里？我们变成祖国培养出来温室里的花朵，天天在温暖的玻璃罩里什么也不用想，外面发生天大的事看似都与我们无关，他们不是常说“大人的事小孩子不要管”么？

于是我们乖乖地不多嘴也不插手，天天只需要从园丁耕种的土壤里玩命地汲取知识，然后每天争着抢着要比别人长得高一些、窜得快一些，好像只有这样，我们才有机会在走出象牙塔的那一天比别人多一寸优势，因为我们知道象牙塔外面天塌了都有大人们顶着。

不过请别忘了，每个人都有终将变成他们口中的“大人”的那一天，在那一天来临之前我们盲目地被灌输着告诫自己“我们还小，还太年轻，不要多管闲事，很多事情不是我们应该想的，再做一套题吧，有大人在呢”。

玻璃房里的花朵也许长得很美，始终是娇艳的，它会越来越习惯把玻璃房子当作自己真正的家，它会越来越愿意永远在玻璃房里舒舒服服地长大——甚至幻想着永远不要长大。

很多人说成长是一个过程，但是又有很多实例告诉我们一个残酷的现实——成长有时候只是一瞬间的事。

难道所有人都是迈着四方步大摇大摆地走出象牙塔的？

其实很多人都是被挤出来的哦！

等到那一天真正来临时，我们准备好了吗？我们曾经一直以为这是个大人的世界，我们被长辈们教导

造型独特的蒙巴萨站（中国路桥供图）

着要循规蹈矩地生活，好像只有这样才能在险恶的社会里摸爬滚打地生存。

可真的是这样吗？

仔细想想，咦，那时的我们好像已经成了人们口中的大人了呢！

他们不是经常说大人很厉害吗？

既然现在我们已经不再是小小的种子了，那么我们有力气让这个世界变得更好吗？

如果没有，那要是天塌了我们顶得住吗？

我们还在指望着之前的那些大人吗？

那时候他们已经老了吧。

花朵是顶不住天的，只有参天大树可以。

参天大树却从来不会长在温室里。

阳光学校

当我来到肯尼亚留学后，我对爱国的含义又加深了一份理解。然而这一次给我带来感动的是使馆的中文学校——“阳光学校”。相信对外交官家属生活有所了解的朋友们应该已经知道这是什么样的一个机构了，这个听起来简单而普通的名字却包含着像它名字一样犹如太阳般的能量。

第一次听说“阳光学校”这个词也是在我 9 岁的

时候，当时妈妈作为公派的访问学者，使我们与中国大使馆有了组织上的联系，也有幸在人生地不熟的国家认识到一些友好的同胞。但我却不是那个群体的一分子，因此，“阳光学校”对于儿时的我而言，也仅仅是一个听起来让人温暖却没有多少感情的名字。

外交部

首页　外交部长　外交部　外交动态　驻外机构　国家和组织　资料　服务　移动客户端

首页 > 驻外报道 > 考察往来

火车课堂友谊扬

来源：（驻肯尼亚使馆供稿）　2017-04-23

[字体：大 中 小]　打印本页

即将开通运营的蒙内铁路全长472公里，连接肯尼亚首都内罗毕和东非最大港口蒙巴萨，是“一带一路”倡仪在东非落地生根的开路先锋，也是肯尼亚独立以来最大的基础设施工程。中国建设者以打造百年精品工程为核心理念的建设速度和建设标准，深受肯尼亚政府、人民和国际社会好评。

郭霁莹同学介绍阳光学校

2017年4月16日，驻肯尼亚使馆阳光学校为增加同学们对驻在国的了解，进行爱国主义教育，增强民族自豪感和使命感，邀请内罗毕睿孺、瓦里迪(Ruiru Fairview Academy、Waridi Primary School)两校师生代表，共赴蒙内铁路参观、试乘，并进行现场教学。

我上了外交部的网站

那年在美国的经历所种下的在异国学习的种子，却阴差阳错地成为我生命中第一个引起龙卷风的蝴蝶，这只蝴蝶注定会在七年之后带领我进入另一个更加神秘而遥远的国度——肯尼亚。

我再次听说阳光学校，是在入学典礼上。这次的我有幸以外交官子女的身份真正地加入这个小集体里。那天，精心装修的教室明亮而温馨，墙上是孩子们色彩缤纷的手绘小报，小报上是一株茂盛的苹果树，而我们每个学员灿烂可爱的笑脸就是树上的大苹果。接下来我们学习校训、唱校歌，虽然对于我这个快上高中的学生而言有些小小的幼稚感，但是整个过程却让我感受到来自这个特殊小集体的温暖与感动——这是阳光学校迎接我的第一缕阳光。

当各个国家大使馆阳光学校的照片配着校歌展示在大屏幕上时，无数个天真活泼孩子的面孔一一呈现在我面前。他们有着出国留学儿童共有的一种特殊气质，他们和我第一次出国时的年龄相仿，却拥有着比我当年更加灿烂的笑颜。回头看看我身后那些无忧无虑的弟弟妹妹们，我希望他们都知道自己有多么幸运，小小年纪身在他乡却不用体会乡愁，不用提前了解孤独，因为他们总会有另一个叫作“中国大使馆”的家可以回，总会在另一个叫作“阳光学校”的集体中获取温暖。

参观蒙内铁路时，我代表阳光学校学生致辞

开学典礼的当天，毫不煽情，我在听校歌时竟有种想哭的冲动：“黑头发，黄皮肤，我们最最漂亮，我们最最漂亮！”这句歌词配上稚嫩洪亮的童声回响在我的脑海里——这是我听过最好听的校歌。

它像是一粒种子埋在我们每个人的心中，有幸在祖国阳光和露水的呵护下最终长成参天大树，它无时无刻不提醒着我们，身为炎黄子孙，走到哪里心中都要保留住龙的传人的那份骄傲。

有了第一缕阳光就会接着迎来第二缕、第三缕，直到那份阳光温暖到我的全身。

剪彩仪式上洪亮的校歌、运动会上高昂的加油呐喊声、参观博物馆专心致志的面孔、春节招待会上铿锵有力的武术拳、游览奶酪工厂的嬉笑打闹……每次活动都有那么多馆员和老师们在默默地精心组织筹划着，学习汉服舞和木兰扇的每一次排练都有那么多老师和家长们在幕后的积极支持。一次又一次的活动让我对这个集体增添着一份又一份厚重的情感。

温暖、快乐、幸福、有爱。

这四个词好像没有一个能完整地概括这个学校带给我的感受，相比之下可能也就只有“阳光”一词足以命名它，这份阳光一半来自明媚灿烂的肯尼亚，另一半来自遥远而伟大的祖国。在阳光普照下的孩子们会从内而外地散发温暖，好像一个个可爱的太阳花幼苗，随时会绽放出最独特、最有魅力的金黄花朵。我们又像向日葵，开满世界，却永远知道太阳的方向。

阳光学校就是这么一个奇妙而有爱的组织，她不需要用每周一的升旗仪式来告诉我们国旗的庄严；她不需要千叮咛万嘱咐地要求我们不断宣誓着爱国的口号，因为只要你身处阳光学校的集体，就好像回到祖国的怀抱。你对祖国的爱，随着对阳光学校的爱与日俱增，直到有一天你会突然发现“爱国”不再是红色横幅上一个简单的词汇，不再是宣誓誓词中那两个被无数人呐喊过的音节，它被赋予了更深刻的含义，深刻到无论你漂泊何处都永远无法忘怀。

“爱”“国”这两个字已经变得格外鲜活，它不再需要你一遍一遍地用嘴去重复，你只需要用行动去做，到那时候，你的一举一动都自然而然地展示出炽热的爱国烙印。

脚 印

既然谈到爱国这个话题，大家可能不免都会回忆起这几年来随着爱国情绪的普遍高涨，以及一些人面对关于中国国际纠纷的一些反应。爱国自然是非常值得鼓励的，尤其是现在中国处于一个士气越来越高涨的时代，我们最需要的就是团结国人。

每个人爱国的方式可能有所不同，既然是要表达爱这种感情，那么要求做到绝对的理性还是有一些难度的，但是我希望，无论你是一颗漂泊在外的种子也好，一株扎根内地的树苗也罢，在面对国家问题上，我们可以尽可能地具备一种三观端正的独立思考能力，做到不盲从、不偏激。

同时我也想告诉大家，正能量是需要去传播的，随着自媒体的逐渐成熟，你要相信你的话说出来是有人去听的，如果你不说，那么网络上很有可能会被一些负能量所代替，一个良好积极的社会氛围是需要每一个人去营造的。

的确，作为一个一路走来的大国，我们还有很多需要改善的地方，我们也一直在寻找最适用于中国国

肯尼亚贫民窟里的孩子们用我们的车当镜子照着玩

情的发展方法，但是我相信大家都能看出我们的国家一直在努力变得更好。

也许等我们再回望从前的校园生活，好像会觉得很多事情我们突然明白了，也许我们会突然发现那些原来我们觉得啰嗦的老师讲得并不是毫无道理的大空话。

如果你还能记得，那就好像从前听过的那些爱国故事。它们的红色面纱早已在不知不觉中滑落，它们不再遥远而神秘，它们变成我们周围活生生的事例触动着我们的心灵。

如果有心的话，你甚至可以重新翻出学生时代那些我们认为极其遥远的关于中国的国际新闻：钓鱼岛、南海、辽宁舰……这些我们原来认为只有大人才在乎的事情，其实是国家发展的一个又一个脚印。

“不积跬步无以至千里”，国家也是一样，中国的崛起从来都不在一夜之间，然而这些点点滴滴我们注意到了吗？如果答案是肯定的，那么我很高兴我们能一起分享这份感动。当中国的发展已经被越来越多的人有目共睹，我们会发现中国作为世界上唯一一个延续下来的四大文明古国，她一步一步走到今天是多么不容易。

毫不夸张地说，当我认认真真看完关于中国近代史的深度研究，再看看现在的中国，真感觉鼻子酸酸的。清朝灭亡后我们的国家惨遭瓜分，十四年抗战之后紧接着就是内战，中华人民共和国成立后到改革开放也走了不少弯路，我们经历了太多的跌宕起伏，不过 2008 年以来，一直在国际舞台上不断奋斗绽放出的光芒已经把我们的前程照亮。

对祖国的热爱和身为中华民族的骄傲从来不是一个口号，而是我们每个人心中的那颗种子，它随着祖国的哺育生根发芽，它会从幼苗变成一株栋梁大树。

我相信当我们的力量足以撑起一片郁郁葱葱的森林的时候，也将是那只红色大公鸡变得越来越耀眼的那一天。

后 记

女儿在书中提到的许多经历都是我亲身参与或耳闻的，尤其是跟我在美国做访问学者的一年里，她的所见、所闻、所想在很大程度上成为她选择留学的主要原因，当然，国内疯狂刷题的教育模式也促使我和她有共同的想法。

女儿对电影和戏剧有着由衷的热爱，每次看完一部电影或电视剧，都会滔滔不绝地发表评论，跟我从头至尾讲述一遍，非常细致入微地分析里面的人物和情节。她看过一些中外电影，通过比较找出中国电影和国外电影的差异，并且一直对中国电影在国际电影节上获奖不多耿耿于怀，而她出国留学希望成就的使命之一就是要将中国制作的电影更多地推向国际市场，借此让更多的外国人了解中国、喜欢中国，因此，她的使命之一就是努力传播中国文化。

我很欣慰地见证了她出国后的每一步成长，尤其是在非洲，她耳闻目睹了非洲国家，特别是肯尼亚这个国家的现状以及中国企业在非洲为寻求自身发展、祖国荣誉和非洲建设所做出的贡献和成就，民族自豪感逐渐增强；在国际学校的学习生活以及与来自不同国家和种族的同学、老师之间的交往，使得她的心智越来越成熟、心态愈加宽容和平和、心理也愈加坚强和健康。她认为自己就是一颗肩负着使命的种子，无论日后生长在哪片土地，都会力图完成自己的使命——传播中国文化、为祖国在国际上的地位提升贡献一颗种子的力量！

陪伴女儿成长的日子是快乐并有很大收获的，与其说是我见证她的成长，不如说是她促进了我的成长：一个只有十五六岁的女孩子，使命感如此之强烈，是我始料不及的。想我这个年龄的时候，却只知道考试要考高分，上大学的目的只是为了能找到好工作，真是自愧弗如！

女儿两年前在国内也是通过激烈竞争才进入到北京一所非常不错的中学的，两年后她却毅然决然地选择了留学，这个决定至今令有些人不解。这不是因为国内的中学不够好，也不是因为国际学校就一定很好。

实际上，经过两年的比较，我们可以很负责任地说，两种体制的教育都有各自的优势，绝不能看到有人出国留学就认为自己也一定适合出国，一定要权衡利弊，慎重选择。

女儿在国际学校读高中的课业也是非常繁重的，尤其是用英文学习专业课，压力则更大，经常很晚才能上床睡觉。但是因为这是她的选择，辛苦得无怨无悔罢了。她后来总结自己出国留学的主要原因，是冥冥之中有一个使命在驱动着她，这个使命也就是之前提到的。

我欣然地接受了她的解释，也为当初支持她的决定感到释然。只有让孩子走得更远、飞得更高，才能让她看清自己的出发点和目的地；走出国门不是让她忘记自己的国家，相反，是让她更好地从另一个角度了解自己的国家，知道自己需要掌握哪些能力才能更好地助推国家发展，更好地为祖国增光添彩。

15 岁的女儿在非洲拥有很多宝贵的经历，是她日后从一颗种子长成参天大树的养分。我倍感欣慰，因为她的目光已不仅仅局限于自我，而是通过仰望鲜艳的五星红旗油然生出使命感。我真心地希望，女儿无论走向哪里，都像一颗生机勃勃的种子，不忘自己的根基来自中国，不忘自己的使命，因为勿忘初心，方得始终。

作者的妈妈：张红
2017 年 7 月 15 日

图书在版编目（CIP）数据

15岁，我在非洲 / 郭霁莹著. -- 武汉 : 湖北科学技术出版社, 2018.1（2019.11重印）
ISBN 978-7-5352-9721-1

Ⅰ. ①1… Ⅱ. ①郭… Ⅲ. ①游记—作品集—中国—当代 Ⅳ. ①I267.4

中国版本图书馆CIP数据核字(2017)第234398号

责任编辑：刘　亮　杨瑰玉　　　封面设计：胡　博

出版发行：湖北科学技术出版社　　　电话：027—87679468
地　　址：武汉市雄楚大街268号
（湖北出版文化城B座13—14层）　　　邮编：430070
网　　址：http://www.hbstp.com.cn

印　　刷：武汉市金港彩印有限公司　　　邮编：430023

880×1230　1/32　6印张　90千字
2018年1月第1版　　　2019年11月第3次印刷
定价：45.00元